어서 와요, 공주님

초판 1쇄 발행 2017년 3월 31일
3쇄 발행 2018년 11월 1일

지은이 장유위
옮긴이 조윤진
펴낸이 고영은 박미숙

펴낸곳 뜨인돌출판(주) | 출판등록 1994.10.11.(제406-251002011000185호)
주소 10881 경기도 파주시 회동길 337-9
홈페이지 www.ddstone.com | 블로그 blog.naver.com/ddstone1994
페이스북 www.facebook.com/ddstone1994
대표전화 02-337-5252 | 팩스 031-947-5868

ISBN 978-89-5807-633-9 03820
CIP2017007045

어서 와요, 공주님

장유위 지음 | 조윤진 옮김

뜨인돌

*괄호 안 설명은 모두 역주입니다.

| 목차 |

1 사랑 그것 … 008

2 달달한 나날들 … 022

3 지금 기도해도 늦지 않았을까? … 033

4 폭탄이 터지다 … 044

5 갈팡질팡 … 054

6 집을 떠나서 … 064

7 시장은 커다란 교실 … 078

8 폐허가 되어 버린 마음 … 088

9 무책임한 아빠가 도망간 백 가지 이유 … 092

10 판판에게 보내는 설문지 … 095

11 모두의 아이 … 100

12 우연한 만남 … 109

13 엄마의 꿈 … 117

14 우리만의 책 만들기 … 124

15 곧 만나자, 공주님 … 130

작가의 말 … 139

추천의 글 … 142

* 당신의 기억 속에 정말로 난처했고, 쪽팔렸고, 망신스러웠고, 아무런 변명도 통하지 않을 만큼 심한 오해를 샀던 순간이 있나요? 혹은 떠올릴 때마다 건너뛰고 싶거나 기억에서 삭제해 버리고 싶은 그런 사건이 있나요? 아래의 보기 중에서 그 상황과 가장 가까운 예시를 골라 주세요. (최대 3개까지 중복 선택 가능)

□ 실컷 싸돌아다니다가 집에 왔는데, 바지 엉덩이에 구멍이 났다는 사실을 가족들이 알려 줌.

□ 눈이 삐어서 나쁜 놈과 사랑에 빠졌는데, 도리어 그 나쁜 놈한테 차임.

□ 인터넷 글을 베껴 숙제를 했는데, 하필이면 선생님이 올린 글이었음.

□ 지하철에서 몰래 방귀를 뀌었는데, 옆자리에 짝사랑 상대가 앉아 있었음.

□ 열다섯 살인데, 임신했음.

□ 억울하게 도둑으로 몰림.

□ 친한 친구 흉을 보는데, 바로 뒤에서 그 친구가 듣고 있었음.

□ 석 달 동안 채팅으로 사귄 사람을 만나러 나갔는데, 예순다섯 살 할아버지였음.

□ 부모님이 이혼했는데, 두 사람 모두 나를 원하지 않음.

□ 내가 전학 간다는 소식을 듣자, 모든 반 학생이 기립박수를 침.

□ 위의 보기 전부

□ 해당사항 없음

□ 기타 ______________________

1 … 사랑 그것

공주님, 지금부터 내 이야기를 해 줄까 해.

아니다, 내 이야기가 아니라 우리 이야기라고 해야겠구나. 왜냐하면 너도 등장하니까.

우리의 이야기는 이렇게 시작된단다.

내가 열다섯 살, 중학교 2학년이던 바로 그 해, 정말 상상도 하지 못했던 깜짝 놀랄 일이 생겨 버렸어.

하느님을 향해 얼마나 열심히 기도했는지 몰라. 제발 내 인생에서 그 1년을 건너뛰게 해 달라고.

그런데 말이야, 만약 아무 영문도 모른 채 그 1년을 건너뛰었더라면 나는 여전히 바보 천치로 살고 있었을 거야. 공주님, 어쩌면 네가 이렇게 비웃을지도 모르겠다. '바보, 도대체 어떻게 시간을 건너뛸 수 있단 말이지?' 하고 말이야. 너무 심각하게 생각하진 말아 줘.

어디까지나 혹시 그럴 수 있다면, 이라는 단서가 붙었을 때를 말한 거니까. 인생이란 예상 밖의 변수가 가득한 곳이거든. 예를 들면 어느 날 갑자기 교통사고를 당해서 1년 동안 혼수상태에 빠질지도 모르고 혹은 머리를 다쳐 1년간의 기억을 잃어버릴 수도 있어. 우리 반 아통이란 남자애는 학교에 다니기 싫다며 하루 종일 컴퓨터 게임 속 영웅 행세를 하며 1년을 허송세월했어. 머릿속이 텅 빈 채 아무 생각도 없이 말이야. 그런 상황이 계속된다면 그 아이가 허비하는 시간은 단지 1년에서 끝나지 않겠지. 아, 참, 우리 이야기를 들려준다고 했었지. 다른 사람 얘기는 이제 그만하자. 그 사람들이 뭘 하든 나랑은 상관없으니까. 사람은 자고로 저마다의 상황을 마주해야 하는 법이니까.

세상에서 가장 위대한 마법사라고 해도 내가 건너뛰고 싶었던 그 1년을 사라지게 만들 수는 없어. 내가 아무리 방법을 찾아 헤맨다 한들 그건 말도 안 되는 일이잖아. 세상 모든 일을 그런 식으로 내 입맛에 맞게 선택할 수는 없는 거야. 혹시 꿈에서라면 가능할지도 모르겠다. 꿈속에선 태평양도 한달음에 건너갈 수 있으니까.

이야기가 또 옆길로 새어 버렸네, 원점으로 다시 돌아가자. 만약 그 1년을 건너뛰었다면 어땠을까? 아마도 공주, 너는 이 세상에 없었겠지.

그 1년은 바로 작년 봄에 시작되었어. －*

봄은 진짜 짜증나는 계절이다. 나는 매번 재채기를 백 번쯤 하고 나서야 제대로 정신을 차릴 수 있었다. 봄의 아름다움, 생명력, 파릇파릇함 따위를 찬미하는 세상 모든 시인들과 작가들은 분명 알레르기성 비염이 뭔지 모르는 사람임에 틀림없다. 아빠의 비염은 이미 40년 넘는 이력을 자랑했고 나와 남동생은 그 비염 유전자를 고스란히 물려받았다. 매번 봄이 되면 우리 집은 휴지를 사느라 엄청난 돈을 써야 했는데 문제는 휴지 가격이 매년 꾸준히 오른다는 사실이었다. 고급 화장지는 너무 비쌌고 그렇다고 해서 싸구려 휴지로 코를 풀면 콧물로 그득한 휴지 가운데가 갈가리 찢어지기 일쑤였다. 집안 살림을 도맡은 란마마는 봄만 되면 이 문제로 골머리를 앓았다. 그러던 어느 날, 란마마는 기가 막힌 방법을 생각해 냈다며 손수건 다섯 뭉치를 사 와서 우리에게 한 뭉치씩 나눠 주었다. 그리고 앞으로는 코를 풀 때 손수건을 사용하라고 했다.

"손수건은 부드러우니까 콧구멍이 헐지도 않을뿐더러 여러 번 사용할 수 있잖아. 게다가 빨아서 다시 쓰면 환경도 보호되고 돈도 절약되니 얼마나 좋아. 앞으로 자신의 손수건은 알아서 직접 빨도록 해."

란마마의 중대 발표였다. 이 계획의 철저한 시행을 위해 란마마는 집안의 휴지를 꼭꼭 감춰 두었다.

전혀 익숙하지 않았던 터라 처음에는 손수건으로 코를 풀기가 정말 싫었다. 하지만 계속 사용하다 보니 손수건은 꽤 괜찮은 물건이었다. 코를 풀고 나도 코가 빨개지거나 부어오르지 않았고 콧구멍 속에 휴지 부스러기가 남지도 않았다.

그런데 사랑하는 공주님, 안타깝게도 나쁜 소식을 전해야겠구나.

너한테도 이 알레르기 유전 인자를 물려줄 가능성이 굉장히 높단다. 그래서 나는 최선을 다해 건강한 상태를 유지하려고 노력 중이야. 내가 건강하면 네 면역력도 저절로 좋아질 테니까. 부디 나중에 네가 손수건 사용할 일이 없기를.

네 유전자의 나머지 절반은 도망쳐 버린 아빠한테서 물려받았어. 그런데 정말 애석하게도 나는 그 집안에 어떤 유전병이 있는지 전혀 알지 못해. 제발 그 애가 건강한 사람이길 바랄 뿐이지. -*

그 아이는 어떤 사람일까? 교실에서 처음 본 그 애는 지극히 평범한 인상이었다. 바로 내 옆을 스쳐 지나간다 해도 고개를 돌려 다시 쳐다볼 일은 절대 없을 것 같은 그런 흔하디흔한 모습의 남학생이었다. 옆과 뒤를 짧게 자른 평범한 머리 모양에 키는 조금 컸고 얼굴형은 약간 길면서 갸름했다. 오른쪽 콧방울 옆에는 팥알만 한 여드름이 나 있었고 까무잡잡한 피부를 보니 주야장천 운동장에서 사는 타입인 것 같았다.

"팡야오원이라고 해, 아빠가 여기 장화(타이완의 중부 도시)로 전근 오시는 바람에 나도 전학 오게 됐어. 난 타이베이(타이완의 수도)에서 나고 자라서 이곳은 아직 많이 낯설어. 잘 부탁해."

살짝 수줍어하는 목소리가 듣기 좋았다.

"내 취미는 목공예야. 언젠가는 내 손으로 특별한 의자를 만들고 싶어."

팡야오원은 다른 남자애들과는 좀 달랐다. 무언가 고상하고 점잖은 느낌이었고 매너도 좋았다. 미친 듯이 뛰어다니며 저급하고 야한 농담으로 여자아이들의 화나 돋우는 남학생들과는 달랐다. 그런 남학생의 대표적인 예가 바로 샤오카였다. 본명은 허샤오캉이었지만 우리는 모두 그 아이를 샤오카(단역배우를 지칭하는 말)라고 불렀다. 만약 이 지구상에서 단 한 명의 인간을 뽑아 외계인의 실험 대상으로 보내야 한다면 바로 샤오카가 가야 한다. 이 저질 중의 저질은 아랫도리에서 생리적 변화가 일어나면 허리를 꼿꼿이 편 채로 교실 안을 이리저리 휘저으며 자신의 건강함을 뽐내고 다녔다. 결국 견디다 못한 여학생들은 똘똘 뭉쳐 하나같이 샤오카를 투명인간 취급했고 무슨 짓을 하던 본 체 만 체했다. 그러던 어느 날, 샤오카는 체육 선생님에게 호출을 당했다. 원래는 선생님이 커피를 사 주겠다고 했으나 사실은 그게 커피가 아니라 맥주였다는 소문이 나중에 들려왔다.

"샤오카, 축하한다. 이제 남자가 됐으니 맥주 한 잔 정도는 마셔야지."

샤오카는 신이 나서 잔을 들이켰지만 미지근한 맥주는 그저 쓰디쓸 뿐이었다.

"남자라고 다 같은 남자가 아니야! 성숙하고 매력적이면서 사려 깊은 남자가 있는가 하면 유치하고 소극적인 데다가 밥맛 없는 남자도 있지. 네가 다른 아이들보다 신체적으로 조숙한 건 좋은 일이긴 하다만, 그런 식의 행동은 유치하고 밥맛 없는 남자가 되는 지름길이라고. 같은 교실에 여자애들도 있잖니? 남자는 여자를 존중해 줘야 해. 자, 한 모금 더 마시고 이제부터 여자를 존중할 줄 아는 성숙한 남자가 되는 거다, 알겠지?"

때마침 체육관 창고에 운동기구를 가지러 갔던 3학년 남학생 두 명이 이 얘기를 몰래 듣게 됐고 소문은 그렇게 퍼지고 말았다.

"맥주 맛 어땠어?"

그다음부터 우리는 툭하면 샤오카를 놀려 댔다.

샤오카는 못 들은 척 대꾸도 안 했지만 확실히 전보다 얌전해졌고 좀 더 성숙한 남자가 된 것 같았다.

사랑하는 공주님, 중학생의 삶이 얼마나 답답하고 단조로운지 너도 크면 알게 될 거야. 매일 아침 눈을 뜨면 학교에 가야만 하지. 교실에 앉아 지루한 수업을 듣는 건 또 어떻구. 그처럼 무료한 일은 아마도 없을 거야. 그래서 갑갑해 죽을 것만 같은 남학생들은 학교를 마칠 때쯤이면 이미 제정신이 아니란다. ―*

교실에 앉아 있노라면 뇌는 이미 잠든 상태로 용케 눈만 뜨고 있을 때가 많았다. 이건 나뿐만이 아니라 세상 모든 중학생들이 보유한 능력이었다. 나는 가끔 이런 생각을 했다. 어느 날 잠들었다가 깨어나면 곧바로 어른이 되어 있을 순 없을까. 그래서 이 답답하고 지루하기 짝이 없는 청소년기를 피해 갈 순 없을까. 이런 우리에게 단 하나의 관심사가 있다면 그건 바로 사랑이었다. 이미 훌쩍 커 버린 우리는 더 이상 동화책을 읽지 않았고 대신 로맨스 소설을 읽으며 흥미진진한 연애를 꿈꿨다. 그리고 무료한 중학생들에겐 구체적인 대상이 필요했다. 팡야오원은 비록 여학생들의 주목을 받진 못했지만 타이베이에서 왔다는 이유만으로 종종 호기심 어린 토론의 대상이 되곤 했다.

집에 갈 때면 나는 항상 자전거를 타고 판판과 함께 교문을 나섰다.

공주님, 판판은 나랑 가장 친한 친구니까 나중에 이모라고 부르면 된단다. -*

우리 삼총사 중 나머지 한 명인 지아치는 다른 동네에 살아서 방향이 달랐다. 여자 형제가 없는 나에게 판판과 지아치는 자매나 다름없는 친구였다. 집으로 가는 길엔 커다란 나무 한 그루를 지나쳐야 했는데 이 나무로 말할 것 같으면 몇 년 전 보리향 홍차 광고에 등장해서 전국적으로 유명해진, 말하자면 나무계의 아이돌 같은 존재였다. 사람들은 이 나무를 춘삼월 나무라고 불렀다. 3백 년이 넘는 긴 세월 동안 같은 자리를 지켜 온 그 나무는 마치 영국 신사처럼 고고한 분위기를 풍겼다. 사람들은 흔히 '세상 풍파'를 다 겪었다는 말로 춘삼월 나무의 일생을 표현하곤 했지만 나는 이 나무에게 '충성스런 호위 무사'란 이름을 붙여 주었다. 드넓은 대지 한복판에 위풍당당하게 서 있는 나무가 내 눈에는 마치 사람들을 대신해 비가 오나 눈이 오나 그곳을 지키겠다는 결연한 의지를 뿜어내는 것처럼 보였다.

원래 그 자리는 나무 말곤 아무것도 볼 게 없는 허허벌판이었다. 그런데 언제부턴가 나무 주위로 작은 절이 하나둘 들어서더니 광고 덕에 나무가 유명해진 뒤로는 동네 사람들이 탁자나 장기판을 가져다 두고 차를 마시는 장소가 됐다. 지금은 나무를 보러 오는 관광객이 너무 많아진 데다가 뒤죽박죽 주차된 차들로 주변 길가까지 혼잡해져 예전의 고요함은 전혀 찾아볼 수 없는 관광지로 변해 버렸다.

우리는 이 길로 지나갈 때면 반드시 수호신을 향해 짤막하게나마 기도를 올리자고 약속했었다. 나와 판판은 오늘도 나무 아래에 자전거를 세우고, 수많은 인파를 헤치고 사당 안으로 들어갔다. 토지의 수호신을 향해 우리가 무사히 중학교를 졸업하고 고등학교에 그리고 대학교에 진학하게 해 달라고 빌었다. 하지만 매번 그렇듯 사람들이 미어터질 정도로 몰려들어 오래 머물 수는 없었다.

"유명해지면 그만큼 대가를 치러야 하나 봐. 과연 나무도 이런 상황을 원했을까?"

다시 자전거에 오르며 내가 판판에게 물었다.

"분명 아닐 거야. 시끄러워 죽겠어."

"어쩌면 떠들썩한 분위기가 이 나무의 취향일지도 모르잖아."

"내 생각에 팡야오원은 우리 반 다른 남자애들이랑은 좀 다른 것 같아."

판판은 대답 대신 뜬금없이 팡야오원 얘길 꺼냈다.

"걔도 다른 애들이랑 똑같은 남자일 뿐이야."

"난 팡야오원만큼은 다른 애들한테 물들지 않았으면 좋겠어."

"걔는 뭐가 다른데?"

"목공예를 좋아한다잖아. 바로 그 점이 다르지."

"맞아, 하루 종일 온라인 게임에나 빠져 있는 것들이랑은 분명 다르지."

"아까 샤오카랑 차오밍이 야한 동영상 얘기 하는 걸 들었는데, 아빠가 숨겨 둔 동영상을 샤오카가 몰래 훔쳐봤대. 둘이 그런 얘기 하면서 낄낄대고 있더라."

"나도 본 적 있는데."

내가 나지막이 중얼거렸다.

"뭐라고? 너도 봤다고!"

판판은 아연실색한 표정을 지으며 소리쳤다.

"스팸메일 보면 그런 광고 엄청 많이 오잖아. 보통은 받는 즉시 전부 삭제하는데 그날은 왠지 호기심이 생겨서 링크를 눌러 봤어."

나는 주위를 둘러보며 목소리를 낮췄다.

"1분짜리 포르노였는데 정말 심장이 멎는 줄 알았다니까. 그런데 그걸 보고 나서 컴퓨터에 바이러스가 쫙 깔렸어."

"포르노를 보다니!"

판판은 여전히 눈을 동그랗게 뜬 채 나를 쳐다봤다.

"뭘 그렇게 놀라고 그래. 딱 한 번 봤다니까."

"우리 엄마아빠 방에도 그런 거 있는 것 같아."

"그래서 아빠가 컴퓨터 수리를 맡겼거든. 얼마나 조마조마했는지 몰라. 내가 포르노를 봤다는 사실을 혹시라도 알아채면 어떡해!"

"그 사람들이 얼마나 대단한데. 분명 알아챘을걸."

"하지만 아빠는 별말 안 하시던데."

"알아도 모른 척하는 거지! 뻘쭘하잖아."

사랑하는 공주님, 어떤 상황을 어물쩍 넘어가려는 어른들의 태도는 전혀 바람직하지 않아. 어른들이 그럴수록 우리의 호기심은 점점 더 커지기 마련이니까. 나중에 네가 크면 나는 모든 걸 정확하고 명확하게 얘기해 줄 생각이야. 지금은 외딴 동굴에 사는 사람조차도 인터넷을 하는 세상이잖니. 이런 세상에 네가 찾아내지 못할 게 어디 있다고. 하여튼 네 외할아버지는 나한테 하루에 딱 한 시간만 컴퓨터를 사용하게 했어. 음… 근데 너무 이르긴 하다. 네 컴퓨터 사용 시간을 논하긴 말이야. 네가 태어난 뒤에는 인터넷 세상이 또 어떻게 바뀔지도 모르는데. –*

만약 컴퓨터 수리 기사가 바이러스에 감염된 이유를 알려 줬다면 아빠는 분명 아주 멋쩍어하면서 란마마한테 말했을 거다. 나랑 얘기를 좀 해 보라고 말이다. 아빠는 자신이 직접 말하기 곤란한 일들은 언제나 그런 식으로 란마마한테 떠넘겼다.

아빠는 원래 그랬다. 인쇄소에서 일하는 우리 아빠는 참 좋은 사람이다. 술이나 도박도 전혀 하지 않는다. 무언가에 집중할 때면 말이 없어졌고 방해받는 걸 싫어했기 때문에 아빠가 티브이나 신문을 볼 때 옆에서 말을 거는 행동은 절대 금지였다. 그리고 신문을 다 보고 나면 항상 원래의 순서대로 맞춰서 반듯하게 접어 두어야 했는데 어쩌다가 그렇게 해 두지 않은 날이면 한바탕 난리가 났다. 아빠는 언제나 질서를 중시하는 사람이었고 그런 아빠와 함께 살기 위해선 그저 가정의 질서만 잘 지키면 충분했다. 아빠와 나는 평소 거의 대화가 없었고 서로 무슨 이야기를 해야 할지도 잘 몰랐다.

사실 란마마는 친엄마가 아니다. 친엄마는 내가 다섯 살 때 교통사고로 돌아가셨다. 그로부터 1년 뒤 아빠는 인쇄소의 경리였던 란마마와 재혼했고 2년 뒤 남동생이 태어났다. 친엄마 얼굴은 전혀 기억나질 않는다. 란마마는 나한테 잘해 주긴 했다. 하지만 아빠와 란마마는 남동생에게 백 배쯤 더 잘해 줬다. 동생은 뭐든 원하는 대로 할 수 있었지만 난 아니었다. 한번은 내가 우쿨렐레를 배우고 싶어 했는데 아빠가 집안 사정이 넉넉지 않다며 다음에 다시 얘기하자고 했다. 란마마와는 마음속 일을 털어놓을 만큼 친밀한 사이가 아니다.

네가 태어나면 란마마를 외할머니라고 불러야 해. 어쨌든 우린 가족이니까, 공주님. -*

란마마로 말할 것 같으면 세상에서 가장 걱정이 많은 사람이다. 언젠가 한번은 남동생이 시험에서 빵점을 받아 오자 마치 세상이 끝나기라도 한 듯 밤새 눈물을 흘렸다. 그런데 나중에 내 동생이 하는 말이 가관이었다. 빵점을 맞으면 어떻게 되는지 보고 싶어서 일부러 그랬다나 뭐라나. 세상에 이런 인간이 또 있을까?

공주님, 네 외삼촌이 그런 사람이란다. -*

"그래서, 빵점을 받으니까 어때?"

"사람들이 전부 나를 바보로 알더라고. 하지만 상관없어, 난 바보가 아니니까. 사실 답을 다 알고도 안 썼을 뿐이야."

이 멍청한 초딩을 어쩌면 좋을까!

작년에 남동생이 고모랑 함께 일본 여행을 갔는데 나랑 란마마한테 사다 준 선물은 지금 생각해도 웃겨 죽겠다. 글쎄 선물이라며 사 온 물건이 생리대 두 통이었다. 고작 1학년짜리 남자애가! 맙소사!

"너 이게 뭔지는 알고 사 왔어?"

"내가 바본 줄 알아? 여자들이 한 달에 한 번 쓰는 거잖아."

"여자들이 한 달에 한 번 쓴다는 건 어떻게 알았어?"

"애들이 말해 줬어."

"애들 누구?"

"같은 반 애들이지 누구야!"

어휴, 정말 내 동생이지만 알다가도 모를 애다.

그럼 나는 어떤 사람일까?

아, 친구들은 나를 앙케트의 여왕이라 불렀다. 내가 설문지 하나는 끝내주게 만들기 때문이다. 예전에 어떤 사람들이 교문 앞으로 찾아와 과외 수업에 관한 설문조사를 한 적이 있었는데 대략 이런 내용이었다.

1. 당신은 학교를 마치고 학원에 갑니까?

□ 그렇다　　□ 아니다

2. 아니라면, 왜 학원에 가지 않습니까?

□ 너무 바빠서　　□ 그냥 가기 싫어서　　□ 기타

3. 학원에 가는 게 좋습니까?

□ 그렇다　　□ 아니다

4. 학원이 학교 수업에 도움이 된다고 생각합니까?

□ 그렇다　　□ 아니다

설문지를 어쩜 이렇게도 재미없게 만들었을까? '왜 학원에 가지 않습니까?' 이 질문에 대한 대답은 50가지도 넘을 텐데 선택할 수 있는 보기가 단 두 개뿐이라니.

나는 집에 돌아오자마자 세상 어디에도 없는 기발한 설문지를 만들었다. 그리고 다음 날 아침, 그 설문지를 차오밍의 책상에 붙여 놓았고 오후에 현금 50위안과 함께 설문지를 다시 돌려받았다. 차오밍은 6개월 전 나한테 3백 위안을 빌려 가서는 갚을 생각조차 전혀 하지 않는 인간이었다. 내가 얼마나 오랫동안 힘들게 모은 돈인데! 다음 예시는 가끔 그렇게 돈을 빌려 가고선 갚지 않는 사람들에 대처하는 설문지가 되겠다.

*** 차오밍 친구, 일전에 황이팡에게 빌렸던 3백 위안을 어떻게 처리할 생각인가요? 다음 보기에서 골라 주세요.** (중복 선택 불가)

□ 뭔 소리? 빌린 돈은 안 갚아도 되는 거 아냐?
(이 보기를 선택한다면 당신은 바보 멍충이)

□ 갚고 싶지만 돈이 없어요. 언젠간 꼭 갚을게요.
(이 보기를 선택한다면 당신은 '배째라'형 진상)

□ 미안해, 깜빡했어. 내일 갚을게.

- □ 최선을 다해서 갚을게. 6개월에 나눠서 한 번에 50위안씩.
- □ 안 갚아. 맘대로 해.
- □ 너 대신 청소당번 할게.
- □ 집 근처에 숨어서 황이팡이 개를 데리고 산책하는 동안 개똥 안 치우는 장면을 사진으로 찍는다. 그다음 신고하지 않는 대가로 3백 위안과 퉁친다.
- □ 위의 보기 전부
- □ 해당사항 없음
- □ 기타 ____________________

2 ··· 달달한 나날들

식구들 전부 식탁에서 아침을 먹는 중이었다.

"누나, 어른들은 진짜 짜증나. 왜 빵을 다 먹어야만 아이스크림을 먹게 해 주는데? 빵 안 먹고 곧장 아이스크림 먹으면 안 돼?"

"너 지금 손에 들고 있는 그 빵, 딱 한 입 먹고 더 이상 안 먹잖아. 아이스크림도 똑같이 조금 먹다 버리면 어떡할래? 매번 음식을 그런 식으로 버리면 우리 집 부엌은 아마 쓰레기통이 될걸."

"아이스크림을 한 입만 먹고 버릴 리가 있겠어. 반드시 다 먹지."

"그걸 어떻게 아니? 방금 그 빵도 처음엔 맛있다고 했으면서."

"처음 한 입 먹었을 땐 맛있었는데 그다음부터는 맛이 없어."

"너 다람쥐가 뭘 먹는지 알아?"

"다람쥐는 자기가 먹고 싶은 대로 먹잖아! 아무도 다람쥐가 뭘 먹든 상관 안 해. 호두를 먹든 올리브를 먹든."

"그럼 너도 가서 다람쥐가 되지그래. 하루 종일 올리브만 먹고 학교에 안 가도 되는데."

"그건 싫어."

"왜? 다람쥐가 훨씬 낫지. 뭐든 하고 싶은 대로 하고."

"나무에서 살긴 싫어. 송충이가 많단 말이야."

"다람쥐가 밥상머리 예절이 얼마나 나쁜지 모르지? 숲 속의 나무들이 말을 할 줄 안다면 아마 제일 싫어하는 동물이 바로 다람쥐라고 대답할 걸. 걔들은 뭐든 끝까지 먹는 법이 없어. 한 입 먹고 퉤, 또 다른 걸 한 입 먹고는 퉤. 그런 식으로 식량을 낭비한단 말이야."

동생은 미간을 찌푸린 채 계속 빵을 먹기 시작했다.

사랑하는 공주님, 상고머리에 오동통한 몸집의 이 남자아이가 바로 네 외삼촌이야. 정말 말 많고 오지랖 넓은 골칫덩이지. 올해 아홉 살이고 이름은 황딩위안인데 이름보다 훨씬 유명한 별명이 있어. 바로 '5번 콧구멍'이야. 왜 이런 별명을 갖게 되었느냐고? 지금부터 이야기해 줄게. 정말이지 어처구니가 없어. -*

동생은 1학년 겨울방학 때 아빠랑 마술 캠프에 갔다. 그곳에서 일종의 마술 쇼를 관람하게 됐는데 어떤 마술사가 오른쪽 콧구멍에 조그만 주사위 하나를 집어넣자 잠시 뒤 정말 신기하게도 왼쪽 콧구멍에서 그 주사위가 톡 튀어나왔다. 물론 전부 눈속임이었다. 마술사는 애초부터 주사위를 콧구멍에 집어넣지도 않았다. 오랜 기간 연습한 기술로 단지 그렇게 보이도록 쇼를 한 것뿐이었다. 다른 손에 쥐고 있던 주사위를 가지고 왼쪽 콧구멍에서 튀어나온 듯 민첩하게 손동작 연기를 펼쳤던 거다.

그 주사위 마술에 특히나 감명을 받은 동생은 어느 날 작은 주사위 하나를 오른쪽 콧구멍에 진짜로 집어넣었다. 하지만 곧바로 깨달았다. 자신에게 마법의 힘 따윈 없다는 사실을. 콧구멍 깊숙이 박힌 주사위는 아무리 애를 써도 빠지지 않았고 그렇게 옴짝달싹 못 하는 상태로 콧속에 단단히 끼어 버렸다. 동생이 고개를 들면 상대방에겐 주사위의 5번 면이 정확히 딱 보였다. 결국 란마마는 동생을 데리고 이비인후과에 갔고 255위안이란 치료비를 낸 뒤 주사위를 뽑아냈다.

나는 동생 콧구멍 속 주사위를 보고 숨이 넘어가도록 웃다가 소파에서 굴러 떨어졌다. 너무 웃어서 허리가 아플 지경이었는데 아빠가 옆에서 한마디 했다.

“너 혹시 사람들 웃기려고 일부러 그러니? 예전에 어렸을 때도 땅콩이랑 알약을 콧구멍에 집어넣는 바람에 병원 가서 뺀 적이 있다고.”

그 말을 듣자 동생도 깔깔대며 웃었다.

“땅콩이라니, 너무 웃기잖아.”

그날 이후 사람들은 동생을 황딩위안이란 이름 대신 5번 콧구멍이라 불렀고 나는 줄여서 그냥 콧구멍으로 불렀다. 동생은 타고난 이야기꾼이었는데 어느 날은 나에게 이런 이야기를 들려주었다.

“옛날 옛적에 어떤 마법사가 살았는데 그 마법사에겐 마법 주사위가 하나 있어. 그 주사위는 새벽 3시만 되면 몰래 아이들 콧구멍 속으로 들어가. 밖에서 보면 항상 숫자 5가 보이게. 또, 새벽 5시만 되면 길거리에

수백만 개의 주사위가 나뒹구는데, 그때 코를 막지 않으면 주사위가 전부 아이들 콧구멍으로 들어가 버리는 거야. 어때, 내 얘기가?"

아아, 공주님, 네가 태어나면 콧구멍 삼촌이 분명 아주 신이 나서 너한테 이 이야기를 들려줄 것 같구나. 짐작하건대 세상 모든 아이들은 콧구멍에 무언가를 집어넣는 것 같아. 그 두 개의 컴컴하고 자그마한 동굴은 무언가를 숨기기에 아주 적절한 장소이니까. 나중에 네가 콧구멍에 무얼 집어넣든 나는 별로 놀라지 않을 테니 걱정하지 마. —*

어느 주말이었다. 집에서 한창 낮잠을 자는 중이었는데 콧구멍이 노크도 없이 방문을 벌컥 열었다.

"누나, 누나!"

"야, 여자 방에 들어올 땐 노크하라 그랬지! 몇 번을 말해!"

"누나 그렇게 화 좀 내지 마, 진짜 무섭단 말이야. 연애편지 준 사람이 보면 당장 도망가겠네."

"연애편지?"

"어떤 남학생이 누나한테 전해 주래."

콧구멍 손에는 정말로 편지 한 통이 들려 있었다.

"내놔."

"집배원은 나야, 교환하자."

"야, 콧구멍, 너 이런 협박은 어디서 배웠어?"

"협박이라니, 교환하자니깐. 누나 노란색 새끼 오리 나 줘."

"저건 친구가 홍콩에서 사다 준 선물이란 말이야!"

"나도 그거 아주 마음에 들어. 수영장 갈 때 가지고 갈래."

"그럼 3개월만 빌려줄게."

"오케이, 거래 완료."

수제 종이에 직접 쓴 손편지였는데 나무껍질 같은 섬유질의 까슬까슬한 감촉이 내 손에 느껴졌다. 봉투에 적힌 글자체는 꽤 반듯했다. 심장이 팔딱팔딱 뛰면서 얼굴이 화끈 달아올랐다. 누굴까? 혹시 내가 좋아하는 애일까?

봉투를 열어 안에 든 편지지를 꺼낸 다음 제일 아래쪽에 보낸 사람부터 찾아봤다. 그런데 이게 웬일! 팡야오원이라니! 처음엔 옆 반의 양즈첸일 거라 생각했다. 지난주 복도에서 마주쳤을 때 양즈첸이 나를 보면서 정말 환하게 웃었기 때문이다. 그래서 약간은 실망스럽기도 했다. 게다가 왜 하필이면 콧구멍한테 편지를 전하라고 시켰을까? 교실에서 직접 주면 좋잖아! 하여튼 쓸데없는 짓을 해서 괜히 내 오리만 뺏겼다.

황이팡에게

지난 주말 식구들이랑 난터우(타이완의 중부 지역)에 놀러가서 직접 종이를 만들었어. 촉감이 정말 좋아서 누구한테 편지를 쓸까 하다가 네 생각이 났어. 다음에 방학하면 같이 가자. 재미있을 거야.

팡야오원

바로 이 편지 때문이다.

이 편지가 모든 사건의 발단이었다.

지금 이게 데이트 신청인가? 편지에 구체적인 날짜는 없었지만 '다음에 방학하면 같이 가자. 재미있을 거야.' 이 말이 그런 의미 아닐까? 우리 둘이 가자는 말인가, 아니면 반 아이들 전부 같이 가자는 뜻인가? 나는 한동안 머릿속이 복잡했지만 이내 이성을 되찾았다. 팡야오원의 길쭉한 얼굴을 떠올리며 나는 설령 이 편지가 데이트 신청이라 해도 함께 가지 않겠다고 결론 내렸다. 팡야오원은 내가 좋아하는 타입이 아니었으니까. 게다가 그냥 편지 한 장일뿐인데, 뭐.

하지만 손편지는 고사하고 우표 한 장이 얼마인지도 모르는 요즘 세상에 이렇게 직접 편지를 보내오다니. 그것도 남학생이. 몹시 특이한 아이라는 생각은 들었다.

다음 날 아침 교실에 들어서자 내 자리에 단빙(주로 아침에 먹는 메뉴)과 두유가 놓여 있었다. 팡야오원이 사다 놓은 게 틀림없었다. 창가 쪽 자리에 앉아 나를 바라보며 웃는 팡야오원과 눈이 마주치자 바보같이 나도 덩달아 웃고 말았다. 내가 아침을 못 먹은 걸 어떻게 알았을까? 나는 자리에 앉아 단빙과 두유를 먹으며 생각했다. 지금 분명 팡야오원이 내 모습을 보고 있겠지. 나는 고맙다는 표시로 오른손을 살짝 들어 머리를 쓸어 넘기는 척하면서 까딱까딱 두 번 손짓을 해 보였다.

사랑하는 공주님, 설마 그동안 나를 쫓아다닌 남자가 전혀 없었다고 생각하는 건 아니겠지? 나로 말할 것 같으면 이미 유치원에서 최

초의 연애편지를 받았던 사람이라고. 종이엔 삐뚤빼뚤한 글씨로 '사랑해'라고 쓰여 있었어. 그 편지를 준 아이의 이름은 전혀 기억이 나질 않지만 그 아이의 커다란 눈과 항상 내 옆에만 앉으려 고집을 피우던 장면은 아직도 기억이 나. 어쩌다가 내 옆에 다른 남자애가 앉았을 땐 절대 다른 데로 가지 않겠다고 버티는 바람에 결국 선생님이 내 옆자리에 앉게 해 줬지. 아마 네 외할아버지가 어딘가에 그 편지를 보관하고 계실 테니 나중에 너한테도 보여 줄게. 그때 네 외할아버지가 말씀하셨어. 이런 편지에는 답장할 필요가 없다고 말이야. 그 남자애는 분명 내일이면 기억도 못 한다고.

하지만 공주님, 내 생각은 좀 달라. 만약 먼 훗날 네가 유치원에서 그런 편지를 받아 온다면 나는 외할아버지처럼 바짝 긴장하지 않을 거야. 대신 너와 함께 대화를 나눌 생각이야. 네가 그 아이를 좋아하는지, 편지에 답장을 하고 싶은지, 답장을 한다면 어떤 말을 쓰고 싶은지…. 그런 것들을 함께 이야기하는 편이 훨씬 낫다고 생각해. 외할아버지처럼 나이를 먹은 사람들은 생각할지도 몰라. 꼬맹이들이 매사에 그렇게 진지할 필요가 있느냐고 말이지. 하지만 우리 모두는 여섯 살이란 나이를 거쳐 왔으면서도 정작 자신이 여섯 살 때 어떤 모습이었는지 전혀 기억하지 못하잖니.

작년엔 수업을 마치고 집으로 돌아오는 길에 어떤 3학년 남학생이 불쑥 튀어나와 내 앞을 가로막는 바람에 깜짝 놀란 일도 있었어. 다짜고짜 자기랑 같이 치킨을 먹으러 가자더라. 물론 나는 거절했지. 그런데 내 대답을 듣자마자 그 남학생은 단 1초도 망설이지 않고 곧

장 사라져 버렸어. 세상에 그딴 식으로 데이트 신청을 하는 사람이 어디 있니? - *

그날을 시작으로 매일 내 책상엔 온갖 종류의 아침 메뉴가 등장했다. 단빙, 샤오빙(아침 메뉴 중 하나), 햄버거, 샌드위치, 군고구마 등등….

정확히 어디서 들었는지 기억은 안 나지만 누군가가 이런 말을 했었다. 사람은 '자기를 좋아해 주는 사람을 좋아하게 된다'고 말이다. 특히나 일상이 몹시 무료한 사람이라면 더더욱 그렇다. 자신의 환심을 사려는 여러 가지 행동들을 접하다 보면 딱히 좋아하지도 않았던 상대방에 대한 생각이 점점 바뀌기 마련이다. 그리고 여기서 가장 중요한 사실은 바로 그 아이가 아빠나 란마마보다 나를 더 아껴 주고 신경 써 준다는 점이었다. 마치 그동안 투명인간으로 살던 내가 왕자를 만나고 나서 존재감 있는 중요한 인간이 된 듯한 기분이었다.

아침 일찍 교실에 도착해 가방을 막 정리하는데 판판이 급히 뛰어 들어왔다.

"어쩜 이제야 알았을까? 그것도 다른 사람한테 듣고서! 왜 나한테 말 안 해 줬어? 우린 친구잖아!"

판판은 몹시 화가 난 상태였다.

"무슨 얘기야?"

"너 팡야오원이랑 사귄다며."

"사귀는 거 아니야. 요 며칠 걔가 나한테 아침을 사다 줬을 뿐이야."

"팡야오원이 너 좋아한대! 이런 엄청난 일을 왜 나한테 말 안 했어?"

"난 사귀자고 말한 적 없어. 그러니까 말할 필요가 없었던 거고."

"난 너한테 뭐든 다 털어놨는데, 넌 이런 중요한 얘기를 쏙 빼놓고!"

"미안해, 앞으론 다 말할게."

"이미 늦었어. 남자를 알게 되면 친구를 버린다더니, 그 말이 무슨 뜻인지 이제 알겠다."

"네가 팡야오원을 좋아하니까 말 안 했을 뿐이야."

"그런 거 아니야, 그냥 인상이 좀 좋다고 생각했을 뿐이지! 그렇다고 걔가 널 좋아한다는 사실을 못 받아들이겠단 뜻은 아니잖아! 우린 진정한 친구 아니었니?"

잔뜩 흥분한 판판은 자기가 할 말만 퍼붓고선 씩씩대며 사라졌다.

그날 이후 나와 판판은 서로 말을 하지 않았다. 내가 다가가면 판판은 고개를 돌리거나 아예 다른 쪽으로 가 버렸다.

잠깐 나한테 화가 났겠지, 시간이 지나면 괜찮아지겠지, 나는 이렇게 생각했다.

하지만 닷새가 지나고 열흘이 지나 여름방학이 코앞으로 다가왔는데도 우리는 여전히 그 상태였다.

지아치가 중간에서 우리 둘 사이를 어떻게든 되돌려 보려고 노력했지만 나와 판판은 마치 물과 기름처럼 전혀 섞이려 들지 않았다.

여름방학이 시작되고 처음 맞는 일요일 아침, 초인종 소리가 들렸다.

"누나, 어떤 남자가 누나 찾아왔어."

콧구멍이 큰 소리로 나를 불렀다. 아빠와 란마마는 지인의 결혼식에 참석하러 가고 집에 없었다.

현관에서 팡야오원이 미소 짓고 있었다.
"같이 아침 먹으러 가자! 내가 샤오빙 진짜 맛있는 집을 알거든."

사랑하는 공주님, 아무 감정도 없던 사람에게 호감이 생기고 결국 그 사람을 좋아하게 되기까지는 도대체 얼마의 시간이 필요한 걸까? 그 시간을 과연 측정할 수 있을까? 어떤 땐 사소한 동작 하나, 눈빛 하나만으로도 그렇게 될 수 있지만 어떤 땐 몇 년 혹은 그 이상이 걸릴지도 몰라.

그런데 말이야, 데이트 초기의 남녀는 자신의 장점을 과장해서 드러내 보이기 마련이란다. 네가 크면 이 점에 대해 다시 한 번 설명해 줄게. 남자는 여자의 호감을 얻기 위해 대범한 척, 그리고 뭐든 다 이해하는 척을 하곤 해. 책에서 외운 말들을 늘어놓으며 대단한 척을 하지. 팡야오원도 딱 그랬어. 그리고 나는 바보처럼 그걸 믿어 버렸고. -*

다음 날 아빠와 란마마가 출근한 뒤 팡야오원은 또다시 우리 집에 와서 동생과 함께 아침을 먹고 티브이를 봤다. 그리고 오후엔 가구점에 가서 의자를 구경했다.

그리고 셋째 날, 아침을 먹고 집으로 돌아오자 콧구멍은 곧바로 거실의 컴퓨터 앞에 앉아 게임에 열중했다. 나와 팡야오원은 방에서 음악을 듣는 중이었는데 갑자기 옆으로 바짝 다가온 팡야오원이 내게 키스를 했다. 심장이 터질 것만 같았다! 이런 게 바로 연애의 감정일까? 나비가 꽃을 찾고 새들이 구애의 날갯짓을 하는 게 바로 이런 느낌일까?

그러고 나서 갑자기, 진도가 너무 빨라졌다!

난 너무나 당황스럽고, 걱정되고, 무서운, 그런 기분으로 마지못해 남자와 처음 관계를 맺었다.

맞아, 공주님, 모든 일이 너무도 급작스럽게 일어나 버렸어.

생각할 시간이라곤 전혀 없었어. 만약 나한테 단 1초만이라도 시간이 더 주어졌더라면 설문지를 만들어 스스로에게 질문을 던졌을 거야. 과연 그랬다면 결과가 어땠을까?

하지만, 모든 건 너무나 순식간이었어! – *

3 … 지금 기도해도 늦지 않았을까?

공주님, 우리가 사랑이라 여기는 그것은 때론 진짜 사랑이 아닐 수도 있어. 만약 과학기술을 이용해 사랑을 분석해 본다면 아마 그 성분은 무척이나 복잡할 거야. 기쁨과 행복, 소유욕, 슬픔, 고통 그리고 성(性)까지…. -*

팡야오원이 돌아간 다음에 나는 극도의 공황상태에 빠졌고 너무나 걱정이 돼서 미칠 지경이었다. 팡야오원은 콘돔을 사용하지 않았다. 하지만 걱정하지 말라고 했다. 그렇게 운이 나쁠 리 없다면서 말이다.

가슴팍을 호기롭게 두드리며 절대 그럴 일은 없다고 장담하는 쪽은 분명 여자가 아니다.

전에 학교에서 들었던 어떤 작가의 강연 중에 이런 얘기가 있었다.

"여자가 사춘기에 접어들면 신체의 변화가 나타나기 시작합니다. 그 시기에 가장 두드러지는 변화는 바로 자궁이죠. 이 자궁이라는 기관이 여러분의 신체가 새로운 단계에 접어들었음을 알려 주는 겁니다. 훗날 작고 정교한 호화 궁전이 될 자궁은 한 달에 한 번씩 아주 따뜻하고 포근한 아기 침대를 만들어 언제든지 왕자마마나 공주마마를 맞을 준비를 합니다. 하지만 일정한 시간이 지나도 왕자나 공주가 자궁으로 찾아오지 않으면 이 아기 침대는 스스로 없어지죠. 자궁벽의 미세혈관이 파열되면서 헐린 아기 침대를 깨끗이 배출하는 과정이 바로 월경입니다. 그러고 나면 또다시 새로운 아기 침대가 서서히 만들어지죠. 여러분에게 사랑과 호기심이 동시에 찾아오는 시기가 되면 부디 이 점을 꼭 기억해 주길 바랍니다. 여러분의 몸은 이미 준비가 되었다는 사실을 말입니다."

지금 이 순간 내 자궁 속 자그마한 호화 궁전에는 공주님이 살고 있다.

바로 그날, 내가 호화 궁전에 대한 생각을 하지 않았을까? 물론 했었다. 머릿속에 아기 침대 화면이 번뜩 스쳐 지나갔다. 그런데 걱정스럽고, 두렵고, 동시에 너무도 불안했던 그 순간 내 마음의 아주 좁디좁은 틈 사이로 무언가가 비집고 들어왔다. 그건 바로 새로운 경험에 대한 호기심이었다. 당시의 내 머릿속은 거대하고 복잡한 생각을 처리할 만한 여력이 없었다.

8월, 생리가 없자 무언가 심상치 않다는 느낌이 들었다. 임신은 아니겠지? 아닐 거야! 설마 그렇게 재수가 없을라고! 생각이 여기까지 미치자 수시로 배에 통증이 느껴졌고 때로는 구역질이 나기도 했다. 이거 전부 임신의 징조 아닌가? 맙소사! 큰일 났다! 어떡하지? 만약에, 만약에, 만약에, 정말로 임신이면 어쩌지?

인터넷에서 찾아보니 일련의 증상들로 추측해 보건대 나는 백 퍼센트 임신이었다! 그래서 몇몇 댓글들의 조언대로 일단은 테스트 기구를 사서 임신을 확인하고 난 뒤에 다시 생각해 보기로 했다.

나는 자전거를 타고 집에서 3킬로미터쯤 떨어진 약국으로 갔다. 이전에 한 번도 와 본 적이 없는 동네였다. 마스크를 단단히 썼다. 감시 카메라에 찍히고 싶지도 않았고 약국 직원에게 얼굴을 보여 주고 싶지도 않았으며 의혹에 찬 시선을 고스란히 받고 싶지도 않았다. 수백 가지의 그럴듯한 이유를 찾아내서 엄마나 이모 혹은 언니나 친구에게 테스트 기구를 사 달라고 부탁할 수도 있었다. 하지만 그건 손바닥으로 하늘을 가리는 것과 마찬가지였다.

겨우 약국 안으로 들어서자 흰색 가운을 입은 친절한 여자 약사가 내 앞으로 다가왔다.

"뭐 드릴까요?"

나는 극도의 초조함에 휩싸인 상태였다. 그렇게 물어보지 않아도 된다고요, 내가 직접 찾을게요!

나는 아무 말 없이 그대로 몸을 돌려 약국을 빠져나왔다. 때로는 과도한 친절이 손님을 쫓아낼 수도 있는 것이다.

이번에는 화장품 매장과 약국을 함께 운영하는 대형 체인점으로 들어갔다. 훨씬 편안했다.

누가 봐도 내 행동거지는 수상했다. 영화를 보면 그런 사람이 나올 때가 있다. 한밤중에 편의점에 들어가 콘돔을 사려는 사람 말이다. 꼭 그런 장면에 등장하는 사람처럼 내 눈동자는 이리저리 쉴 새 없이 흔들렸다. 일부러 다른 손님들의 시선을 피해 한쪽 구석에 몸을 숨겼는데 상품 진열대 앞에 두 명의 나이든 아줌마가 서 있었다. 한 명은 감기약을 고르는 중이었고 다른 한 명은 딱히 뭘 하지도 않으면서 그저 그 앞을 왔다 갔다 했다. 난 이미 진열대에서 임신 테스터의 정확한 위치를 확인한 뒤였지만 차마 손을 뻗어 그 물건을 잡을 수가 없었다. 그래서 괜히 다른 상품을 구경하는 척하며 어서 빨리 저 아줌마 두 명이 사라져 주길 바랐다. 두 사람은 가게 안에 엄청 오랫동안 머물렀다. 어찌나 긴 시간이었던지 기다리다 지친 공룡이 쥐라기를 지나 백악기를 거쳐 이미 멸종할 지경이었다. 마침내 한 명이 감기약을 집어 들었고 다른 한 명은 생리대를 계산했다.

나는 두 아줌마가 전부 나갈 때까지 기다렸다가 임신 테스터가 잔뜩 쌓여 있는 곳으로 다가갔다. 펜처럼 생긴 테스터와 둥글고 넓적한 테스터, 거기다가 테스트 종이까지 종류가 너무 많아서 눈이 어질어질했다. 가격을 살펴보니 이 물건들은 하나같이 죄다 비쌌다! 나는 연필처럼 생긴 테스터를 집어 들고 계산을 하려다가 다시 진열대로 돌아가서 둥글고 넓적한 모양의 테스터를 하나 더 골랐다. 혹시 모르니 확실하게 두 번은 해 봐야지.

계산대로 걸어가면서 나는 최대한 자연스럽게 보이려고 안간힘을 썼다. 직원은 젊은 남자였다.

"380위안입니다."

돈을 내고 가게를 나서면서 크게 한 번 숨을 내쉬었다. 그리고 자전거에 올라타 다시 3킬로미터를 달려 집으로 돌아왔다.

집으로 돌아오는 내내 생각했다. 한 줄, 두 줄, 세 줄, 네 줄, 다섯여섯일곱 줄….

짜증나.

너무 긴장한 나머지 자전거 페달이 몇 번이나 헛돌았다.

지금 기도해도 늦지 않았을까? 하느님이 들어주실까? 관세음보살이 손을 내밀어 나를 구해 주실까?

집에 돌아오니 동생은 컴퓨터 앞에 앉아 한창 게임 중이었다. 엄마아빠가 출근하고 없으니 여름방학 동안 콧구멍을 돌보는 건 고스란히 내 몫이었다. 하지만 지금 내 코가 석 잔데 저 아이가 몇 시간째 오락을 하든 말든 상관할 바 아니잖아?

나는 화장실로 들어가 변기에 걸터앉아 테스터의 사용법을 읽었다. 그리고 설명서가 시키는 대로 똑같이 했다. 덮개를 제거한 테스터의 끝부분에 최소 2초간 직접 소변을 닿게 해서 흡수시킨 다음, 다시 덮개를 씌우고 세면대 위에 올려 두었다.

결과를 알기 위해선 5분을 기다려야 했다.

그때 밖에서 콧구멍이 문을 두드렸다.

"누나, 들어간 지가 언젠데 아직도 안 나와, 나 오줌 마려워."

"안방으로 가면 되잖아!"

"싫어, 난 여기가 편하단 말이야."

"가라고 했다, 나가려면 백 년 걸려!"

나는 잔뜩 화난 목소리로 외쳤다.

"왜 그렇게 화를 내고 그래!"

동생이 슬리퍼를 끌며 사라지는 소리가 들렸다.

5분이 어찌나 길던지! 마치 백 년처럼 느껴졌다.

제발, 제발, 제발, 하느님, 부처님, 천지신명이시여, 제발 한 줄이길, 한 줄, 한 줄!

마침내 5분이 지났을 때 나는 깊은 심호흡을 한 번 하고서 테스터를 집어 들었다. 선명한 두 줄의 붉은 선. 순간 심장이 쿵, 하고 저 깊은 나락으로 떨어지는 기분이었다. 끔찍했다. 하늘이 무너진다는 말이 바로 이런 느낌일까.

나의 온갖 추측과 짐작 그리고 공포가 순식간에 전부 현실이 되어 버린 순간이었다!

어떡하지? 난 이제 어떻게 해야 하지? 누구한테 얘길 해야 하지?

이 테스터가 불량품일지도 몰라. 어쩌면 유통기한이 지났을지도 모르잖아. 넓적한 모양의 테스터로 다시 해 보자.

그러나 두 번째 결과도 마찬가지였다.

임신이라니!

마른하늘에 날벼락이란 말은 이럴 때 쓰는 거였구나!

나는 넋 나간 사람처럼 그대로 30분쯤 앉아 있다가 절망적인 심정으로 몸을 일으켜 화장실을 정리했다. 테스터와 포장지는 전부 방으로 가져와 쓰레기통에 버렸다.

거실을 지나가는데 콧구멍은 여전히 온라인 게임을 하느라 정신이 없었다.

"오락 좀 그만하라고! 너 그러다가 머저리 된다!"

나는 있는 대로 악을 쓰며 소리쳤다.

콧구멍은 고개를 들고 천진한 표정으로 잠시 나를 바라보더니 이내 다시 키보드를 신나게 두들겼다.

방으로 들어간 나는 침대에 엎드려 울기 시작했다. 시간이 얼마나 흘렀는지도 몰랐다. 콧구멍이 배가 고프다며 방문을 두드리기에 그제야 정신을 차려 보니 오후 2시가 넘어 있었다. 나는 부엌으로 가서 라면 한 봉지를 끓였다.

"누난 안 먹어?"

"배 안 고파."

내가 지금 밥 먹을 정신이 있겠니!

그때 현관 벨이 울리자 콧구멍이 얼른 뛰어나가더니 문을 열어 주며 이렇게 말했다.

"누나 지금 화났어."

그러자 평야오원의 목소리가 들렸다.

"누나한테 무슨 짓을 했는데 그래?"

"아니야, 나 아무 짓도 안 했어."

방으로 들어온 팡야오원은 퉁퉁 부은 내 눈을 보고서도 대수롭지 않다는 듯 실실거리며 물었다.

"왜 울었어?"

"나 아무래도 임신한 것 같아."

입 밖으로 이 말을 내뱉자마자 또다시 왈칵 눈물이 쏟아졌다.

난 지금 정말 당황스럽다고!

"뭐!"

놀라기는 팡야오원도 마찬가지였다. 앉아 있던 의자에서 벌떡 일어나더니 눈을 동그랗게 뜨고 나를 빤히 쳐다보았다. 놀람과 두려움이 가득한 눈빛이었다.

"어떻게 그렇게 확신해?"

나는 테스터를 꺼내서 들이밀었다.

"이번 달 생리가 없었어. 두 번이나 해 봤는데 모두 다 두 줄이야."

"이거 정확해? 다른 제품으로 다시 해 봐야 하는 거 아니야?"

그래서 이번엔 두 번째 테스터를 건넸다.

"해 봤어, 각각 다른 종류로 두 번 했는데 전부 같은 결과였다고."

"울지 마, 방법을 생각해 보자, 방법을."

당황한 팡야오원은 방 안을 이리저리 서성댔다.

"무슨 방법이 있는데?"

"내가 좀 알아볼게. 낙태하는 데 돈이 얼마나 들지?"

"낙태?"

나는 다시 한 번 화들짝 놀랐다. 금속 집게를 집어넣어 아직 형태도 갖추지 못한 태아를 끄집어낸다고?

"설마 낳을 생각은 아니지?"

팡야오원이 소리쳤다.

너무도 순식간에 그 아이의 얼굴이 변해 있었다. 물론 본인도 놀랐을 테지.

그 순간 나는 어떤 대답을 해야 할지 알 수가 없었다. 낙태를 하고 싶지도, 그렇다고 아이를 낳고 싶지도 않았다. 이 모든 일이 애초에 발생하지 않았더라면 얼마나 좋았을까, 그저 이 생각뿐이었다.

"일단 확실해진 다음에 우리 다시 얘기하자. 테스터가 틀렸을지도 모르니까."

"틀린 게 아니라면?"

나도 이 결과가 틀렸기를 바란다고!

"어떡하지? 어떡해? 어쩜 이렇게 재수가 없어!"

몇 초간 잠시 조용하던 팡야오원이 나를 보며 말했다.

"몰래 낙태해야지. 아무도 모르게."

"어디 가서?"

"인터넷에서 찾아봐야지! 너 돈 얼마나 있어? 우리 둘이 모으면 충분할 거야."

"낙태 말고 다른 방법은 없어?"

혹시나 내 뱃속의 새로운 생명이 지금 듣고 있진 않을까, 우리가 자신을 죽이려 한다는 것을?

"5백 위안이 전부야."

다시 나의 대답이었다. 나는 아무런 진심도, 아무런 지혜도 없이 이 상황을 대하는 팡야오원의 태도에 상처받았다. 그리고 분명히 보았다. 이 재앙은 정확히 나를 향해 다가오고 있었다. 불현듯 이 일이 나 혼자만의 문제가 될지도 모른다는 생각이 들었다.

"부모님한테 말해 볼 수도 있겠지, 아빠가 나를 죽도록 두들겨 패겠지만."

"그건 우리 아빠가 알게 되어도 마찬가지야."

팡야오원은 긴장한 듯 방문 쪽을 바라보았다.

"설마 너희 아빠 지금 집에 오시는 건 아니지?"

"다른 방법은 없어?"

"다른 방법이 뭐가 있겠어? 낙태 아니면 낳는 거지. 설마 결혼이라도 할 생각이야!"

"결혼이라니? 말도 안 돼!"

"거봐! 우리가 어떻게 결혼을 해!"

내 말에 팡야오원은 한시름 놓은 듯 보였고 그 모습에 나는 다시금 분노했다. 그래서 일부러 이렇게 대꾸했다.

"결혼할 수도 있지, 안 그럼 아이는 어떡해?"

"결혼? 참나!"

팡야오원은 정말 더는 못 참겠다는 표정이었다.

"일단 임신이 확실해진 다음 다시 얘기하는 게 어때? 지금 나를 이렇게 닦달해 봤자 아무 소용 없다고!"

"내가 뭘? 내가 뭘 닦달했는데!"

"지금 이러는 게 닦달하는 거지, 뭐야!"

팡야오원은 한숨을 내쉬며 자리에서 일어섰다.

"확실해지면 나한테 전화해."

"이미 확실하다니까? 두 번 다 임신으로 나왔다고!"

"병원에 가서 진찰을 받아야 확실하지."

"그럼 병원에 같이 가, 지금 가자."

"나 다른 약속 있어."

"왜 나 혼자 가야 하는데? 병원조차 같이 가 주지 않겠다는 말이야? 도대체 지금 이것보다 중요한 일이 뭔데?"

나는 점점 더 화가 치밀었다.

"나랑 같이 가든 혼자 가든 어차피 똑같잖아! 진찰실엔 혼자 들어가니까!"

팡야오원도 몹시 화가 난 것 같았다. 지금 자기가 화를 내야 하나? 화낼 사람은 분명 나라고! 이게 무슨 태도야? 설령 진찰실에는 나 혼자 들어간다 해도 밖에서 기다려 주는 것만으로도 큰 힘이 될 텐데!

내 앞에 서 있는 사람은 또 다른 팡야오원이었다. 무척 화나고 당황한, 그동안 한 번도 보지 못했던 모습의 팡야오원이었다. 과연 내가 알던 그 애가 맞나 싶었다. 처음부터 이런 인간인 줄 알았더라면 팡야오원과 사귀는 일 따윈 절대로 일어나지 않았을 거다.

나도 자리에서 일어나 팡야오원을 등지고 선 채 입을 다물어 버렸다. 이런 식의 대화는 점점 더 화만 돋울 뿐이었다. 팡야오원은 지금 이 문제에 대해 아무런 대책도, 아무런 생각도 없었다.

그날 이후로 팡야오원은 일주일이나 연락두절이었다. 어렵사리 다시 만난 팡야오원은 무표정한 얼굴로 이렇게 말했다.

"생각 좀 해 볼게."

그리고 다시는 팡야오원을 볼 수 없었다.

4 … 폭탄이 터지다

개학 일주일 전이었다. 더 이상은 숨길 수 없었다. 그리고 더 이상은 이 문제를 나 혼자서 감당할 수가 없었다. 아빠와 란마마에게 말해야만 했다.

공주님, 두 분이 얼마나 화를 내실까. 생각만으로도 너무 긴장돼서 심장이 터질 것만 같았어. 원래는 아주 우아하게 너를 소개시킬 생각이었는데.

"지금 제 자궁 속 호화 궁전에 머물고 있는 공주님을 소개할게요."

이렇게 말이야.

공주님, 훗날 너도 알게 될 거야. 이 세상 모든 아기의 주변에는 충직한 신하들이 모여 있어. 그 사람들은 네 침대 옆에 무릎을 꿇고서 혼신의 힘을 다해 너를 웃게 만들지. 네가 방긋 웃어 주면 그 사람들도 따라 웃겠지만 네가 얼굴을 찌푸리면 그 사람들도 울고 싶어진단다. 보들보들한 네 손가락을 단 하나만 내밀어도 온 세상 사람들이 줄줄이 달려와 네 분부를 기다릴 거야.

하지만 사랑하는 공주님, 네가 너무나 갑자기 나타나는 바람에 나는 새로운 생명에 대한 환희보다는 폭탄을 안고 사는 기분을 먼저 맛보고 말았어! —*

진작부터 얼마나 고민하고 연습했는지 모른다. 가장 침착하고 이성적인 단어로 이 상황을 설명하려고 말이다. 아빠와 란마마가 이렇게 반응하면 나는 이렇게 대답해야지, 혹시나 이런 질문을 하면 이런 대답을 해야지 등등. 그런데 뜻밖에도 저녁 무렵 윈린(장화 남쪽에 위치)에 살고 계신 란마마의 어머니가 집에 오셨다. 어떡하지? 할머니가 있는 자리에서 말을 해야 하나 말아야 하나? 나는 이미 충분한 준비를 마쳤고 마음도 단단히 먹었는데. 오늘 말을 꺼내지 못하는데 내일이라고 용기가 생길까? 오늘 말을 안 한다고 해서 할머니가 영영 모를 것도 아니잖아?

저녁식사가 시작되었다. 모두가 식탁에 둘러앉아 유쾌한 분위기에서 음식을 먹고 있었다. 식탁에는 오랜만에 오신 할머니를 위해 란마마가 특별히 준비한 닭고기와 해산물 요리도 올라와 있었다.

"있잖아… 나 임신한 거 같아."

나는 아주 힘겹게 말을 꺼냈다.

란마마는 너무 놀란 나머지 입안의 음식을 뿜어내며 내게 되물었다.

"뭐라고? 임신?"

마치 '일시정지' 버튼을 누른 듯 온 세상의 모든 동작이 멈춰 버렸다. 말 그대로 정지 화면이었다.

젓가락으로 음식을 집던 아빠의 손, 란마마와 할머니가 들고 있던 밥그릇, 그 무엇도 움직이지 않았다.

나는 살짝 떨고 있었다. 정말로 두려웠다! 그러나 이 상황을 마주해야만 했다.

바로 그때 콧구멍이 눈을 동그랗게 뜨며 이렇게 말했다.

"나 임신이 뭔지 알아. 정자랑 난자가 만나면 임신이 되고 그럼 아기가 나와."

"임신이 확실해?"

란마마의 목소리는 냉랭했다. 아마도 너무 놀란 탓인 것 같았다.

"두 달 동안 생리를 안 해서 테스터로 확인했어."

내 목소리는 기어들어 갔다.

또 한 번의 침묵이 이어졌다.

"누구 아이야?"

마침내 아빠가 입을 열었다.

"연애편지 주고 아침 사다 준 그 형이야?"

"세상에, 나는 어쩜 이렇게도 운이 좋은지. 둘째 손자가 겨우 아홉 살인데 벌써 증손자까지 보게 생겼네."

할머니가 비꼬듯 말했다.

"도대체 학교에선 뭘 가르치는 거야? 설령 학교에서 안 배웠다 해도 너 도대체 생각이 있는 거니, 없는 거니? 너 몇 살이야? 지금 몇 살이냐고?"

아빠의 목소리가 점점 커졌다.

"빨리 말해! 도대체 애 아빠가 누구야?"

아빠가 그토록 화를 내는 모습은 처음이었다. 어쩌면 당연했다. 나는 아빠가 고수하던 전통과 보수의 질서를 깨뜨린 것도 모자라 도덕관념까지 짓밟았으니까.

나는 뭐라고 대답해야 좋을지 알 수가 없었다. 그 인간은 이미 도망갔다고 말해야 하나? 2주 전에 엉엉 우는 나를 앞에 두고도 팡야오원은 아무 말이 없었다.

"어떻게 해야 할지 생각 좀 해 볼게."

그게 전부였다. 그다음 날도, 다다음 날도, 그리고 2주가 지나도록 팡야오원은 나타나지 않았다. 팡야오원이 생각해 낸 방법은 '도망'이었다. 아기의 아빠가 누구인지는 이제 중요하지 않았다.

내가 침묵하자 아빠는 점점 더 화를 냈다.

"말을 안 하면 우리가 어떻게 너를 돕겠니?"

아빠는 목에 핏대를 세우며 소리쳤다.

"당신, 왜 그렇게 소리를 질러요!"

하지만 란마마의 목소리 역시 커질 대로 커진 상태였다.

"목소리 좀 낮춰라, 온 동네가 다 듣겠다."

할머니는 젓가락을 내려놓으며 폭탄 같은 한마디를 덧붙였다.

"가서 아이 지워. 그 나이에 인생 망치려고 그래?"

공주님, 나도 알고 있었어. 모두들 엄청 화가 났다는 사실을. 그래서 아무도 원망하지 않았어. 할머니도, 약속한 말들도 하나도 원망스럽지 않았어. 그럼 네 아빠인 팡야오원을 원망해야 했을까? 팡야오원도 결국 나랑 똑같은 열다섯 살짜리 남자아이일 뿐인데. 처음엔 그 애를 원망했지만 그래 봐야 아무 소용 없다는 사실을 나중에서야 깨달았어.

훗날 네가 크면 그 인간에 대한 이야기를 해 줄게. 하지만 굳이 신경 쓰지 않아도 돼. 그렇게 도망친 인간은 무시해 버리는 게 상책이니까. -*

"나 그 형이 말하는 거 들었어."

그때 콧구멍이 조그만 목소리로 말했다.

"큰 소리로 '낙태해' 그랬어."

화가 머리끝까지 난 아빠는 쾅 소리가 나도록 식탁을 내리치며 자리에서 벌떡 일어섰다.

"그러니까 그 자식이 낙태까지 하라고 했단 말이지. 나쁜 자식."

"그만 좀 해요! 목소리 좀 낮추고."

란마마가 아빠의 손을 잡고 말리면서 다시 자리에 앉혔다.

"그 남자애 데려와, 결혼시키자고."

아빠는 제정신이 아닌 것 같았다. 심지어 이렇게 외쳤다.

"결혼하고 싶니? 그래, 결혼시켜 줄게."

아빠의 말을 듣고 있자니 뺨으로 눈물이 흘러내렸다.

"겨우 열다섯 살인데, 결혼은 무슨 결혼!"

란마마 역시 미치기 일보 직전이었다.

"아이를 지워야 한다니까. 내 생각은 그래. 혹시 아이를 낳는다 해도 내가 봐줄 거란 생각은 하지 마라."

할머니의 목소리는 여전히 냉랭했다.

"너랑 콧구멍 키우느라 난 이미 지쳤다."

"그럼 이제 나 삼촌 되겠네. 괜찮아, 내가 아기 안아 줄게."

그러자 할머니가 곧바로 콧구멍의 말을 막았다.

"너 어디 가서 그런 말 하면 안 돼."

"왜?"

"다른 사람들이 알게 되면 누나를 흉본단 말이야. 누나를 지켜 주려면 아무한테도 말하지 마."

"그럼 언제 말해도 되는데?"

다시 기나긴 침묵이 이어졌다.

그래, 공주님. 아무 말도 할 수가 없었어. 마치 모든 것을 파괴할 힘을 가진 신비한 인형이 등장이라도 한 듯 네가 모습을 드러내자마자 우리의 세상이 무너지고 말았거든. 그래서 아무 말도, 아무 말도, 도저히 아무 말도 할 수가 없었어! 눈물이 하염없이 흘러내렸고 나는 어깨를 들썩이며 정말로 목 놓아 울었어. 분명 몸에 무리가 갔을 거야. 임신했을 때 임산부가 많이 울면 태어난 아기도 울보가 된다던데. 하지만 아무리 애를 써도 울음이 멈추질 않았어! 그리고 너한테 너무 화가 났어. 너는 아무 잘못도 없는데 말이야. 세상에 나올 가장 적절한 타이밍을 아기인 네가 어떻게 알겠니? 말도 안 되는 소리지! 할머니의 말은 단지 이 사건이 몹시 창피한 일이니까 다들 말을 꺼내기가 어렵다는 뜻이야. -*

"아주 오랫동안 말 못 할 거야. 어쩌면 평생일지도 몰라."

할머니의 대답이었다.

"아주 오랫동안 얼마나요?"

난 이 상황을 이해하지 못하는 콧구멍이 이해됐다. 아홉 살짜리가 과연 뭘 알까.

그런데 평생 말할 수 없다면, 도대체 이 아이는 어떤 신분으로 세상을 살아가야 한단 말인가?

더 이상 아무도 음식을 먹지 못한 채 그날의 저녁식사는 그렇게 끝나 버렸다.

"당신 탓이야. 친자식 아니라고 딸한테 몸가짐을 어떻게 해야 하는지도 안 가르쳤어?"

흥분한 아빠는 사방으로 침을 튀기며 소리를 질렀다.

"그게 무슨 뜻이에요? 그럼 내가 지금껏 이 집안과 쟤를 위해 한 일은 다 뭔데요? 난 아무것도 안 했단 말이에요? 간섭을 많이 하면 학대한다 그러고, 간섭을 안 하면 의붓자식이라 애정이 없다 그러고, 새엄마는 뭐 쉬운 줄 알아요? 내가 어떻게 했어야 하는데요? 당신이 좀 가르쳐 줘 봐요!"

아빠의 말에 란마마 역시 폭발하고 말았다.

"시끄러워! 둘 다 그만해! 이미 벌어진 일이야, 어떻게 해결할지 방법부터 찾아야지!"

할머니는 자신의 목소리마저 커졌다는 사실을 느꼈는지 이내 작은 소리로 한마디 덧붙였다.

"이웃집에서 듣겠다."

"그 애는? 어서 데리고 와. 양쪽 집 부모가 만나서 얘기를 해야지, 어쩔 셈인지."

아빠가 억지로 화를 억누르며 말했다.

"숨어 버렸어. 어디로 갔는지 몰라."

난 고작 이렇게밖에 말할 수 없었다.

"숨었다고? 이런 사고를 쳐 놓고는 그냥 날았다고? 젠장, 그 자식 고소할 거야!"

벌떡 일어나 부엌을 나서던 아빠는 콧구멍을 한번 쳐다보더니 돌연 이런 말을 했다.

"황딩위안, 잘 들어, 너는 나중에 커서 꼭 책임감 있는 남자가 되어야 해, 알겠지?"

"응, 아빠, 당연하지!"

나는 방 안으로 피신했다. 거실에서 어른들이 격렬하게 싸우는 소리가 문틈으로 들려왔다.

"애를 지워야 한다니까, 지금 정도면 가능해."

할머니였다.

"무슨 물건도 아니고, 그래도 생명인데 어떻게 애를 지워요!"

란마마였다.

"그럼 저 조그만 애한테 애를 낳으라고 할 거니? 낳으면 누가 키우니?"

"어쩌면 좋아! 남자애 부모를 찾아서 의논해 볼까?"

"그냥 고소해 버려, 그쪽도 대가를 치러야지."

아빠 목소리는 여전히 쩌렁쩌렁했다.

"잡히기만 해 봐, 내 손에 죽었어."

"남자애를 찾으면 뭐해, 임신한 건 우리 집 일인데."

"세상에, 기가 막혀 말이 안 나오네. 어쩌다 그런 일을 저질렀을까."

할머니가 혀를 끌끌 찼다.

"그럼 당신이 아이를 낳은 걸로 해. 애는 계속 공부도 하고 대학도 가야 하잖아."

다시 아빠였다.

"나한테 임신한 척을 하라고요? 아이고, 그게 말이 된다고 생각해요? 세상에 영원한 비밀이 있을 것 같아요?"

"아니면 애 못 낳는 부부한테 입양 보내. 그럼 사랑받고 크겠지."

"그것도 별로 좋은 방법은 아니죠!"

"그럼 어쩌라고? 내가 키워? 아니면 당신이 키울 거야? 다 늙도록 은퇴하지도 못하고 손주를 키워야겠어?"

아빠 목소리가 다시 커졌다.

"우리 집이 애 하나 더 키울 여유가 되냐고! 인쇄소가 문이라도 닫는 날엔 다 굶어 죽을 텐데!"

사랑하는 공주님, 너도 다 들었니? 이런 무시무시한 말들을 듣게 해서 정말 미안해. 아직은 너한테 귀가 없지만 인터넷에서 찾아보니 7주에서 8주 정도의 태아는 이미 심장이 뛴다고 하더라. 심장이 뛴다는 말은 곧 세상과 교감한다는 뜻 아닐까. 어떻게 네 앞에서 '낙태'라는 말을 할 수 있을까? 그리고 나는, 과연 나는 어떨까? 나는 너를 끝까지 지키고 싶은 게 맞을까? 만약 내가 '낙태'를 선택한다면 나를 용서해 줄 수 있겠니? 공주님, 나도 이렇게밖에 말할 수가 없구나. 네가 등장한 타이밍은 정말로 좋지가 않았어. 너로 인해 모두가 곤란해졌으니까. -*

5 ··· 갈팡질팡

다음 날, 란마마는 나를 데리고 산부인과에 갔다.

병원으로 가는 길에 우리 두 사람은 아무 말도 하지 않았다. 란마마의 얼굴은 몹시 심각했고 내 기분 또한 우울했다.

란마마도, 나도, 테스터가 잘못됐기를 바랐다. 그 테스터가 콧구멍의 소변으로 확인을 해도 두 줄이 나오는 불량품이길 바랐다.

의사는 내게 지난 달 생리를 언제 했는지 그리고 최근 몸 상태가 어떤지 물은 다음, 침대에 누우라고 했다. 윤활유가 잔뜩 묻은 초음파 기구가 배에 닿는 순간 몹시 차갑고 서늘한 느낌이 들었다.

"아기가 이미 8주 정도 됐네. 여기, 팔딱이며 움직이는 부분이 심장이란다."

의사가 손에 쥔 펜으로 땅콩만 한 검은색 점을 가리키며 말했다.

공주님, 사람의 모습을 갖추려면 아직 멀었지만 이미 네 심장은 뛰고 있었어! 어쩌나 신기하던지! 바로 너였구나! 마침내 너를 보게 되다니! 지금은 비록 올챙이 같은 모습이지만 시간이 좀 지나면 서서히 자그마한 손과 발이 생기겠지.

그런데 화면에서 시선을 돌리자마자 나를 빤히 바라보던 의사와 눈이 마주쳤어.

의사는 나를 어떻게 생각했을까? 행동거지가 나쁜 불량한 아이라고 생각하진 않았을까?

하긴 난 이미 불량 학생이 되어 있었어. 이제부터 나를 착하고 모범적인 학생으로 생각할 사람은 아무도 없을 거야. 아마도 일찌감치 남자랑 성관계를 갖고 임신까지 한, 머릿속엔 온통 남자 생각밖에 없는 그런 애로 생각하겠지. –*

"아들이에요, 딸이에요?"

무표정한 얼굴로 란마마가 물었다. 아무런 실망도 혹은 상심이나 절망도 드러나지 않은 얼굴이었다.

"지금은 알 수 없어요. 규정에 따르면 이 시기에 태아의 성별을 감별하는 행위는 불법입니다."

"왜요?"

"원하던 성별이 아니라고 초기에 낙태하는 경우가 있거든요. 남녀 인구 비율의 균형을 맞추기 위해 규정이 그렇게 정해졌어요. 혹시나 제가 알게 되더라도 말씀드릴 수 없습니다."

"지금 아이를 지울 수도 있나요?"

"음, 낙태는 불법입니다."

그리고 의사는 고개를 돌려 나를 바라보더니 한결 부드러운 말투로 이렇게 말했다.

"하지만 위생보건법 제9조 제6항*에 따르면 만약 임신이나 출산이 임산부의 심리상태나 가정생활에 막대한 영향을 미치게 될 경우 인공 유산이 가능하다고 나와 있습니다. 그러니까 아이를 낳을 건지 아닌지 잘 생각해 보세요. 미성년자인데 인공 유산을 하게 되면 당연히 몸에 좋지 않겠죠…. 아직 8주니까 수술이 아니라 먹는 약으로도 유산이 가능합니다. 그러려면 빨리 결정을 하시는 편이 좋을 거예요. 태아가 커지면 어쩔 수 없이 수술을 해야 합니다."

"선생님, 얘가 이제 겨우 열다섯 살인데 어떻게 하면 좋을까요?"

눈시울이 붉어진 란마마가 의사를 향해 애걸복걸하듯 물었다.

"제가 믿는 종교에서는 낙태를 반대합니다. 엄연한 생명이니까요. 저는 아무런 말씀도 드릴 수가 없어요. 이미 일은 벌어졌으니 당사자와 부모님이 상황을 잘 고려해서 최선의 선택을 하는 수밖에요. 필요하시다면 심리 치료를 연결해 드릴 수도 있습니다."

하긴, 애가 애를 가졌는데 의사라도 감히 자신의 의견을 쉽게 내비칠 순 없겠지.

"아이를 낳고 싶니?"

*우리나라는 모자보건법 제14조에 인공유산의 허용한계가 명시되어 있다. 심리상태나 가정생활의 이유로는 허용되지 않는다.

의사가 내게 물었다.

나는 대답 대신 아주 살며시 고개를 끄덕였다. 하지만 아무도 내가 고개를 끄덕이는 모습을 보지 못한 것 같았다.

"괜찮아, 일단 집에 가서 잘 생각해 보렴. 이미 벌어진 일이니 잘 해결할 방법을 찾는 게 더 중요해. 울지 말고 마음 편히 먹어. 눈이 퉁퉁 부었네."

의사의 말에 나는 또다시 왈칵 눈물이 솟구쳤다.

집으로 돌아가는 택시 안은 조용했다. 란마마는 오른쪽 창문을, 나는 왼쪽 창문을 하염없이 바라보기만 했다.

"어쩔 셈이니? 빨리 결정을 해야지."

란마마가 말했다.

빨리, 빨리, 빨리! 어서 빨리 결정을 내리라고, 아기가 더 자라기 전에!

사랑하는 공주님, 내가 생각할 수 있도록 조금만 천천히 자라 주겠니? 모두가 나를 재촉하고 있어. 마치 내 목에 칼을 들이대고 이렇게 협박하는 것 같아. 아기를 버리고 네 목숨을 구할래, 아니면 둘이 함께 고통스럽게 살아남을래? 둘 말고 다른 선택은 없을까? 모두 함께 행복할 순 없을까? 과연 내가 어떤 능력과 어떤 조건을 갖춰야 모두가 행복해질까? 혼자 살아갈 능력조차 없는 내게 도대체 무슨 자격이 있을까?

난 정말로 모르겠다. 아무것도. -*

"어떻게 했으면 좋겠는데?"

내가 되묻자 란마마는 약간 머뭇거리다가 대답했다.

"어차피 회사는 오늘 하루 휴가를 냈으니까 어디 가서 차라도 마시자."

택시는 집에서 버스로 두 정거장 정도 떨어진 곳의 어느 카페 앞에 멈춰 섰다.

란마마와 나는 각각 라테와 사과주스를 골랐고 요거트 치즈 케이크도 함께 주문했다.

"내 생각을 듣고 싶니?"

"응."

"다 큰 어른한테도 아이를 키우는 일은 힘들어. 부모 노릇을 제대로 하지 못하는 사람도 많고. 게다가 넌 아직 미성년자인데. 아이를 지우는 편이 너한테도 좋을 거야."

"만약 낳으면?"

"일단 학교부터 그만둬야겠지. 그리고 어린 나이에 결혼도 하지 않고 아이를 낳으면 앞으로 살아갈 날들이 얼마나 힘들지 생각은 해 봤니?"

사람들이 너를 없애라는 말을 할 때마다 나는 아직 생기지도 않은 네 귀를 손가락으로 막아 주고 싶은 충동을 느껴. -*

"아빠가 그렇게 말하라고 시켰어?"

"아빠는 지금 너무 충격을 먹어서 아무 생각도 없어."

가장 충격 먹은 사람은 나 아닌가.

"하지만 네가 아이를 낳겠다고 하면 아빠랑 나는 네 선택을 지지할 거야. 내가 항상 너보다 동생을 더 예뻐한다고 생각하겠지만 실은 그렇지 않아. 정말이야."

란마마는 커피를 한 모금 마시고 나서 계속 말을 이어 갔다.

"나도 알아, 네가 마음속으로 완전히 나를 받아들이지 않았다는 거. 그렇지만 이번 일은 네 편에 서 줄게, 어떤 결정을 하든."

란마마의 말은 거의 진심처럼 들렸다. 그런데 왜 완전히 믿지 않았느냐고? 나도 잘 모르겠다. 일단 그 얘기는 잠깐 미뤄 두자.

"생각 좀 해 볼게."

그 뒤로 우리는 조용히 커피를 마시고 케이크를 먹으며 쓸데없는 이야기를 나눴다. 제법 유쾌한 오후였다.

그러나 집으로 돌아오자마자 나는 다시 수렁에 빠지고 말았다.

"의사가 뭐래?"

겉으로 보이는 아빠의 평온한 얼굴 속에는 이 모든 일들이 한낱 해프닝이었길 바라는 간절함이 엿보였다.

"8주 됐대. 심장도 뛰고."

란마마의 대답이었다.

컴퓨터 화면으로 고개를 돌린 아빠의 표정에 점점 분노가 차올랐다.

"성폭행으로 그 팡씨 뭐시기를 고소할 수 있어. 그 집구석을 이대로 그냥 내버려 둘 순 없다고. 도대체 어떻게 생겨 먹은 부모길래 자식 교육을 그따위로 시켰어. 그쪽도 대가를 치르게 해야 돼."

보아 하니 아빠는 인터넷에서 복수의 방법을 찾던 중인 것 같았다.

"오후에 반차라도 냈어요?"

"이런 일이 터졌는데 회사를 어떻게 가! 해결되기 전까진 출근 못 해."

아빠는 자리에서 일어서며 모니터 화면을 가리켰다.

"미성년 성폭행에다 낙태 교사로 고소하고 그 부모한테 손해배상 청구도 가능해. 내 딸 인생 망쳐 놨으니 나도 그 자식 가만 안 둬."

아빠는 결국 양손으로 얼굴을 감싸 쥔 채 눈물을 흘렸다.

"그런데 만약 그쪽에서 작정하고 숨었다면…."

란마마의 말에 아빠가 다시 고개를 들었다.

"숨었다고? 이팡, 걔 어디 살아? 얘기해 봐, 당장 찾아가 보게."

"몰라."

나는 기어들어 가는 목소리로 대답했다. 정말로 난 팡야오원이 어디 사는지 몰랐다.

"도대체 어디 사는지도 모르는 애랑…."

듣기 험한 말이 나오기 직전에 아빠는 말을 멈췄다.

"그럼 학교에 가서 알아보자고."

"학교랑 온 동네방네 소문이 나길 바란다면 당신이 가서 알아봐요."

란마마였다.

"그러니까 두 집안 전부 다 같이 죽자고!"

아빠가 더 이상 참지 못하고 버럭 소리를 질렀다.

"그래, 다 내 탓이야! 이제 상관하지 마! 나 혼자 죽으면 그만이니까."

나도 더 이상은 듣고만 있을 수가 없었다. 이렇게 소리라도 지르지 않으면 그대로 폭발할 것만 같았다.

"쪽팔리게 만들어서 정말 미안해. 아무도 나 임신한 거 모르게 두더지처럼 숨을게, 그럼 되잖아! 그럼 엄마아빠, 창피할 일도 없을 테니까."

그래, 차라리 두더지라도 됐으면 좋겠다. 땅 위에 있을 곳이 없다면 땅 밑으로 들어가면 그만이지.

공주님, 걱정하지 마. 그래도 넌 여전히 공주님이야. 내가 두더지 세상에서 글자를 아는 유일한 여왕이 될 테니까. -*

순간, 아빠도 란마마도 말이 없어졌다. 한바탕 소리를 지른 나도 다시 조용해졌다.

공주님, 그 순간 나는 정말로 외로웠어. 그 어디에도, 그 누구에게도 의지할 곳이 없는 기분이었어.

만약 친엄마가 있었다면 어땠을까? 엄마는 나에게 욕을 퍼부었을까, 아니면 꼭 안아 주었을까? 하루 종일 고래고래 소리를 지르며 화를 냈을까, 아니면 냉정하게 이 험난한 상황을 헤쳐 나갔을까?

그 순간 내가 정말로 간절히 원했던 건 그저 따스한 포옹이었어!

이런 상황에서 과연 무슨 말을 할 수 있을까, 내가 어리석었을 뿐인데! 그걸 사랑이라 생각했던 내가. 사랑이란 상대방을 배려하고 상대방을 위해 희생하는 거라 생각했던 내가. 바로 그날, 나는 이런 걱정을 했었어. 내가 그 일을 단호하게 거절하면 팡야오원이 나를 떠날 테고 다시는 돌아오지 않을 거라고 말이야. 그 생각을 따른 결과

내 인생은 엉망진창이 되어 버렸고 우리 집은 폭풍우가 휩쓸고 간 폐허처럼 변하고 말았지. 그렇다고 해서 네가 태어나면 어디서 살아야 하나 걱정할 필요는 없어. 이건 일종의 비유일 뿐이야.

폭풍우는 언젠간 멈추기 마련이란다.

그리고 난 이런 교훈을 얻었어. 사랑을 맞닥뜨리게 되면 다른 사람보다 나 자신을 백 배쯤 더 사랑할 것. -*

지금 이 상황을 해결할 방법이 나타나길 바라며 나는 스스로를 위한 설문지를 만들었다.

* 황이팡, 당신은 아이를 낳는 것에 대해 대체 어떤 생각을 갖고 있나요?
다음의 보기 중에서 당신이 받아들일 수 있는 항목을 선택하세요.
(중복 선택 불가!)

□ 일단 휴학을 한 다음 배를 타고 아무도 모르는 머나먼 섬에 가서 아이를 낳는다. 거기서 어부에게 물고기 잡는 법을 배워 공주를 키운다.

□ 곧 개학이니 며칠 결석계를 제출하고 궁전에서 공주를 쫓아낸다. 그리고 다시 공부를 열심히 한다. 자신의 미래가 더 중요하니까.

□ 공주를 낳아서 돈도 많고 사랑도 많지만 아이가 없는 부부에게 보낸다.

□ 비록 지금은 공주가 올챙이의 모습일지라도 엄연한 생명이다! 낳아야 한다! 낳은 뒤에는 아르바이트를 하며 학교에 다니고 동시에 공주도 키운다.

□ 휴학할 필요 없다. 점점 배가 나오고 온 동네 사람들과 전교생의 비웃음을 사겠지만 그래 봤자 한 학기다. 나중엔 비웃는 것도 피곤해질 테니까. 한 번쯤 그런 엄청난 관심을 받는 일도 나쁘진 않다.

□ 아무 생각도 없다. 왜냐하면 아무것도 생각나지 않기 때문이다. 팡야오원을 만난 뒤로 내 머릿속엔 생각이란 게 사라졌다.

□ 생각을 너무 해서 머릿속이 하얘졌다. 그냥 다람쥐한테 가서 물어본다. 다람쥐가 하라는 대로 한다.

□ 공주를 낳아서 우선 엄마아빠한테 키워 달라고 한 다음에 나중에 모든 비용과 노력을 보상한다.

□ 평생 소송에 시달리게 만들어서 팡야오원의 집안을 풍비박산 낸다.

□ 위의 보기 전부

□ 해당사항 없음

□ 기타 ______________________

6 … 집을 떠나서

개학이다.

내가 아는 모든 아이들은 지금쯤 교실에 앉아 있을 시간이다. 너도나도 여름방학 동안 가장 흥미진진했던 일들을 이야기하느라 시끌벅적하겠지. 매번 따돌림을 당하던 애들은 개학했다는 사실이 미치도록 싫을 테고. 혹시 평소 싫어하던 애가 있었다면 방학이 끝나고 다시 만나더라도 여전히 눈엣가시 같을 거다. 학교란 원래 그런 곳이다. 마치 온갖 재료를 몽땅 섞어 넣은 쏸라탕(찌개의 일종)처럼 좋아하고 싫어하는 것들이 하나의 냄비 속에서 끓는 중이라고 생각하면 된다. 내가 좋아하지 않는다는 이유로 이미 냄비 안에 실처럼 갈래갈래 흐트러진 목이버섯 한 가닥만을 골라낼 순 없는 일이다. 그냥 없다고 생각하며 한꺼번에 꿀꺽 삼키는 수밖에. 그래도 학교란 여전히 매력적인 곳이기도 하다. 친구가 있고 별것 아닌 일에도 웃음소리가 끊이지 않으며 아주 가끔은 흥미로운 수업도 하니까.

예전에 어떤 영화감독이 학교에 와서 이런 강연을 했었다. 모든 사람은 자신의 인생에서만큼은 위대한 감독이라고. 어떤 사람은 눈부시게 빛나는 인생을 살고 또 어떤 사람은 외롭고 쓸쓸한 인생을 사는데, 소파에 뒹굴며 게으름뱅이로 시간을 허비할 건지 아니면 한 분야의 전문가로 우뚝 설 것인지는 결국 자기 자신에게 달렸다고. 그 감독은 스위스의 유명한 테니스 선수 페더러의 팬이었는지 우리에게 이런 질문을 했다. '페더러가 세계 정상에 오르기 이전에 과연 무엇을 했을까요?' 정답은 연습이었다. 연습, 연습, 연습, 연습, 오로지 연습. 페더러라는 인생의 영화에도 가끔은 실패하는 장면이 등장했고 그로 인해 실망하고 좌절하는 장면도 있었지만 그는 다시 분발해서 이기고, 이기고, 또 이겨서 마침내 세계 최고가 되었다고 했다. 감독은 마지막으로 이렇게 말했다.

"사람들은 이런 장르의 인생 영화를 좋아합니다. 여러분은 자신의 인생에서 어떤 감독이 될 겁니까? 자신의 인생으로 오스카상을 수상할 생각은 없나요? 지금까지 할 수 없었던 혹은 마냥 어렵다고만 생각했던 일이 있다면 한번 도전해 보십시오. 그런 다음 자기 자신을 잘 관찰해 보세요. 그런 식으로 훌륭한 장면들을 연출하면서 그 과정을 통해 자신의 마음과 생각을 살펴보는 겁니다. 우리 모두는 위대한 감독이니까요."

강연이 끝나고 선생님은 우리에게 자신의 도전에 대해 써 오라는 숙제를 내주었다.

판판은 개를 데리고 다니면서 개똥은 안 치우는 사람들의 면전에다 대고 대담하게 말했다. 당신 개는 즐거워 날뛰지만 그 개가 아무 데나

싼 똥 때문에 다른 사람들은 괴롭다고 말이다. 게다가 환경도 오염된다고. 판판의 말에 따르면 그중 한 명은 외국인이었는데 중국어를 못 알아듣는 척했다고 한다.

엄마아빠가 이혼한 지아치는 용기를 내어 재혼한 아빠의 집을 찾아갔다. 그리고 아빠에게 작년과 올해 그리고 내년까지의 학비와 생활비를 달라고 요구했다. 집으로 찾아온 딸을 본 지아치의 아빠는 놀라움을 감추지 못했지만 그 자리에서 상당한 금액의 교육비를 바로 내주었고 앞으로 시간 날 때마다 집으로 놀러 오라는 말까지 덧붙였다. 지아치는 어렵다고만 생각했던 일이었는데 자신이 직접 연출하는 영화의 한 장면이라고 생각하자 신기하게도 별것 아닌 일이 되었다고 했다.

나는 혼자 가오슝(타이완 남부에 있는 항구도시)으로 가서 친엄마의 엄마, 그러니까 나의 외할머니를 만났다. 그리고 점심만 먹고 바로 돌아왔다. 어째서 갑자기 외할머니를 보러 갔을까? 언젠가 외할머니와 통화를 하는데 내 안부를 묻는 목소리가 왠지 쓸쓸하게 느껴졌다. 정작 안부를 물어봐 주고 곁에서 챙겨 주어야 할 사람은 내가 아니라 외할머니인 것 같았다. 최근엔 거의 왕래가 없었지만 나는 외할머니의 정말 몇 안 되는 혈육이었다. 뵈러 가는 게 당연했다.

운명은 아무런 기척도 없이 그렇게 살금살금 다가와 인생의 다음 장면을 이야기하고 있었다. 그날 외할머니와의 만남은 마치 예고편 같았다. 앞으로 이어질 나와 외할머니의 친밀한 관계에 대한 예고편.

나는 이제부터 재미있는 수업들을 아주 많이 빼먹어야 한다.

지금 이 순간, 학교 밖을 어슬렁거리는 사람은 오로지 나 하나뿐이다.

그리고 뱃속엔 아이가 있다. 과연 내가 행복하고 자유로운 기분일 수 있을까? 난 너무도 외로웠다! 세상으로부터 완전히 차단되고 단절된 듯 고독했다. 아무리 가족들이 신경을 써 준다 한들 그것만으론 채워지지 않는 무언가가 존재했다. 내 인생은 나의 것이고 뱃속의 아기도 내 아기였다. 그리고 불확실하고 불투명한 미래 역시 내 몫이었다.

인생의 감독이라면서, 도대체 내가 지금 나의 인생에서 뭘 할 수 있단 말인가?

새롭게 다시 시작하라고? 다 허튼 소리다. 나한테는 해당되지 않는 말이다. 과연 내가 새롭게 시작할 수 있을까? 말도 안 된다! 그런 말을 하는 사람들은 내가 지금 얼마나 후회를 하고 있는지 궁금할 뿐이겠지! 분명 돌이킬 수 없다는 사실을 아는데 그런 식의 위로가 무슨 소용이 있을까. 그때로 돌아간다면 다시는 그런 선택을 하지 않을 거예요, 이딴 입에 발린 말이 과연 도움이 될까? 인생은 절대로 돌이킬 수가 없다. 나는 이 사실을 받아들여야만 했고 이 현실에 떠밀려 앞으로 나아가야만 했다. 게다가 인생은 영화가 아니다. 온갖 시련을 겪는 주인공이 생사의 갈림길에 놓인 순간에 이마의 땀을 훔치며 눈을 떠 보니 결국 꿈이었다는 그런 식상한 결말을 기대할 수 없단 말이다. 나는 관객을 바보로 만드는 그딴 형편없는 영화를 원래부터 싫어했다.

이미 상영 중인 영화를 관객들이 욕한다는 이유로 다시 촬영하고 편집할 수 있을까?

내가 열다섯 살에 감독한 형편없는 영화는 잊어버리자!

그저 앞으로 찍을 영화들은 지금보다 좀 더 나아지길 기대할 뿐이다.

아무한테도 내 얘기를 하지 않았다. 심지어 가장 친한 친구인 판판한테도. 우리는 두 달 넘게 서로 말을 안 했으니 이젠 가장 친한 친구도 아니지만 말이다. 판판은 알지 못했다. 나의 휴학도, 임신도…. 판판은 나를 찾지 않았고 나 역시 판판을 찾지 않았다. 개학한 지 2주나 지났지만 판판에게선 아무런 연락도 없었다. 심지어 전화도 한 통 없었다.

공주님, 우리 사이의 우정을 내가 망쳐 버렸어. 내가 어떻게 해야 할까? 설사 가장 친한 친구일지라도 판판이 나의 비밀을 지켜 줄 거라고 백 퍼센트 확신할 순 없었어. 말하지 않는 편이 낫겠지! 그냥 내가 죽었다고 생각하게 내버려 두지 뭐.

예전의 황이팡은 이미 죽었으니까.

이제 나는 공주의 모후니까.

나는 엄마니까.

사랑하는 공주님, 너와 함께 나의 인생도 다시금 새롭게 시작되길 바랄 뿐이야. 네가 세상에 나오는 그날, 나도 다시 태어날 거야.

나와 함께 잘 해보지 않을래?

너한테는 선택권이 없단다. 넌 내가 뽑은 주연배우니까.

오늘은 란마마와 함께 산부인과에 가는 날이었어. 임신 초기에는 2주에 한 번씩, 그리고 3개월이 지나면 한 달에 한 번씩 검진을 받아야 해.

사랑하는 공주님, 의사 말로는 호화 궁전 안에 자리 잡은 네가 이제 레몬만 한 크기로 자랐다는구나. 걱정할 필요 없어, 네 궁전은 아주 신비로운 곳이니까. 네가 조금씩 자랄수록 궁전도 조금씩 커지거든. 말하자면 마법의 궁전인 셈이지!

바로 그 순간, 나는 분명히 깨달았어, 내가 뭘 원하는지 말이야. 그래, 맞아, 공주님. 앞으로 어떤 일이 닥치더라도 나는 너와 함께하기로 결정했어.

어떻게 그 차디찬 집게로 너를 궁전에서 끄집어낼 수가 있겠니.

나의 비밀을 되도록 아무에게도 알리지 말아야 한다는 게 아빠와 란마마의 생각이었어. 그래서 아는 사람이 전혀 없는 새로운 곳에서 너를 낳은 뒤 모든 걸 다시 시작하기로 했단다. 참으로 이상한 일이야. 나는 이미 예비 엄마지만 법률상 미성년자라는 이유로 내겐 아무런 권한이 없어. 난 그저 힘없는 아이처럼 취급받을 뿐이지. 만약 아빠와 란마마가 없었다면 나는 우리 두 사람을 위해 어떤 결정을 내렸을까? －*

"도망쳤다는 사실부터가 그 애가 성숙하지 못하다는 뜻이야. 잡아내든 아니면 그 집이랑 담판을 짓든 상처 받는 쪽은 결국 우리 딸이잖아."

아빠의 말이었다. 란마마 역시 아기를 낳아 자신이 키우는 쪽이 지금으로선 가장 좋은 방법이라고 생각하는 것 같았다.

장화를 떠나는 날, 잔뜩 흐린 하늘에선 부슬비가 내렸다.

그렇다. 나는 고향을, 그리고 춘삼월 나무와 토지의 수호신을 떠나야 했다.

할머니도 나를 배웅하러 와 주었다.

"네가 선택한 길이니까 앞으로 어떤 어려움이 닥쳐도 혼자 짊어지고 가야 해. 하지만 도움이 필요하다면 우리가 언제나 네 곁에 있어 줄게."

끝까지 아기 낳는 걸 반대했던 할머니도 이날만은 내 손을 꼭 잡아 주었다.

3일 전, 아빠는 가오슝에 계신 외할머니에게 전화를 걸어 우리의 상황을 설명했다. 외할머니는 아빠의 이야기가 미처 다 끝나기도 전에 당장 나를 데려오라고 했다. 가오슝은 나를 낳아 준 친엄마의 친정이었고 엄마가 세상을 떠난 뒤 외할머니는 홀로 그곳에 살고 계셨다. 외할머니는 엄마를 대신해 정말 진심으로 나를 돌봐 주길 원했다. 아빠와 엄마는 휴가를 냈고 기어이 학교에 결석계를 내고 따라온 콧구멍까지 온 식구가 차에 올라 가오슝으로 출발했다.

춘삼월 나무를 지나는 길에 나는 아빠에게 잠시 차를 세워 달라고 부탁했다. 토지의 수호신에게 작별인사를 해야 했으니까. 나는 수호신을 향해 가오슝까지 무사히 갈 수 있게 해 달라고, 외할머니와 잘 지낼 수 있게 해 달라고 빌었다. 그리고 다음엔 꼭 공주님과 함께 오겠다고 약속했다. 춘삼월 나무를 꼭 끌어안으며 나는 마음속으로 생각했다. 이 나무가 정말 많이 그리울 거라고. 마지막으로 토지의 수호신에게 판판이 대학교에 진학할 때까지 잘 돌봐 달라고 부탁했다.

왠지 다시는 이곳에 돌아오지 못할 것 같다는 예감이 들었다. 갑자기 밀려드는 서러움에 코끝이 찡해지면서 눈물이 흘러내렸다.

나는 마치 장물을 운반하는 지명 수배자처럼 낯선 가오슝으로 숨어 들어가 출산을 준비해야 했다. 친구들이 놀라 자빠지지 않도록… 황씨 집안 딸이 열다섯 살에 임신했다는 사실을 아무도 모르도록… 아빠와 란마마와 할머니가 곤란해지지 않도록….

사랑하는 공주님, 네가 훔친 물건이란 뜻은 아니야. 그냥 일종의 비유일 뿐이었어. 그 광경이 꼭 내가 뱃속에 금괴를 넣고 장화를 떠나 야반도주하는 것 같았거든. -*

고속도로를 타고 남쪽으로 내려갈수록 하늘은 점점 맑아졌고 외할머니 집에 도착하자 태양이 내리쬐는 청명하고 아름다운 날씨가 펼쳐졌다. 가오슝은 엄청 떠들썩하고 복잡한 도시였구나!

외할머니 집은 시장 모퉁이에 나란히 자리 잡은 다섯 개의 집들 중 가장 끝에 위치한 3층짜리 건물이었다.

오전 10시, 시장은 한창 북적거렸다. 아침을 파는 가게에서 풍기는 갓 튀겨 낸 유탸오(기름에 튀긴 길쭉한 모양의 음식)의 냄새가 발걸음을 멈추게 만들었다.

"이 늙은이를 보러 먼 길 와 줘서 고맙다."

웃으며 인사를 건네는 외할머니에게 나는 어색한 미소를 지어 보였다. 당연히 외할머니에게 감사해야 마땅했다. 이런 상황에서 나를 위해 대문을 활짝 열어 주신 분인데. 하지만 나와 외할머니는 막 스스럼없는, 그런 사이가 아니었다. 아직은 다소 서먹했고 그래서 차마 입이 떨어지지 않았다.

외할머니는 키가 작고 몸집이 통통했지만 동작은 전혀 굼뜨지 않았다.

연세는 올해로 60세였는데 윤기가 도는 발그스름한 얼굴엔 주름도 거의 없었다. 외할머니는 내가 아빠를 닮아서 다행이라고 했다. 엄마를 닮았으면 뭉툭하고 짧은 무다리였을지도 모른다면서 말이다.

유전은 한 대를 걸러서 나타난다던데 부디 무다리가 공주, 너한테 가지 않길 바라야겠구나.

나한테 외할머니니까 네게는 외증조할머니가 되겠네. 사실 외할머니는 네 덕분에 그리 많지 않은 나이에 증조할머니가 되셨단다. -*

외할머니는 시장 쪽으로 창문이 난 2층 방으로 나를 데려갔다.

"바람이 잘 통해서 이 집에선 제일 좋은 방이란다. 조금 좁긴 해도 창을 열면 환기가 잘 돼서 지낼 만할 게다."

방은 단정하고 깔끔했다. 탁상용 스탠드가 놓인 작은 책상과 그 옆에 살짝 낡아 보이는 옷장이 전부였다.

"네 엄마가 쓰던 옷장이지."

외할머니가 창문가의 옷장을 가리키며 말했다.

"안에 걸린 옷도 엄마가 입던 거란다. 이 방은 그 아이가 살아 있을 때 사용하던 그대로 남겨 두었어. 언젠가는 다시 돌아올 것처럼 말이다."

가까이 가서 만져 보니 옷장은 거의 새것 같았다. 갑자기 엄마를 향한 죄책감이 밀려왔다. 너무 오랫동안 엄마를 잊고 살았다, 나한테 생명을 준 엄마를. 옷장 문을 열자 겨울용 털옷 한 벌이 걸려 있었다. 엄마의 체취는 이미 사라진 지 오래였고 옷장의 희미한 나무 냄새만이 코끝에 맴

돌았다. 엄마가 살아 있었다면 과연 나한테 어떻게 해 주었을까? 엄마가 있었다면 지금쯤 어떤 장면이 연출됐을까?

저녁 무렵, 교복을 입은 한 여학생이 자전거를 타고 옆 건물로 들어서는 모습이 보였다. 나를 발견한 여학생이 깍듯하게 고개를 숙여 인사를 하는 바람에 나도 얼떨결에 고개를 숙였다. 잠시 뒤, 이번에는 아까의 여학생과 똑같이 생긴 남학생이 역시 교복을 입고 건물로 들어서다 나를 보고 인사를 했다. 나도 또다시 고개를 숙여 인사했다. 외할머니 말로는 옆집에 사는 쌍둥이인데 나랑 똑같은 1학년이라고 했다.

"할머니, 제가 선배예요. 휴학 안 했으면 지금 2학년이니까요."

내가 쌍둥이를 임신할 수도 있었다는 생각은 한 번도 해 보지 않았어! 그럼 공주와 왕자가 한꺼번에 생기는데 말이야! 쌍둥이라니, 만약 그랬다면 아빠와 란마마는 쓰러졌겠지! 한꺼번에 아기 두 명을 먹여 살리려면 보통 일이 아닐 테니까. -*

저녁을 먹고 난 뒤 옆집 식구들이 외할머니 집으로 인사를 하러 왔다. 알고 보니 쌍둥이들의 아빠는 우리 엄마와 초등학교 동창이었다.

사람들은 거실에 모여 상투적인 인사말을 나눴다.

쌍둥이 중 남자애는 루샤오위안, 여자애는 루샤오완이었는데 둘은 참 사이가 좋아 보였다. 샤오위안의 표정은 시종일관 진지했다.

"제 딸이 1년 동안 휴학을 하고 잠시 여기서 외할머니와 함께 머물 예정입니다."

아빠가 참으로 어색한 미소를 지으며 말했다.

지금은 내가 남들과 다를 바 없으니 저렇게 말해도 괜찮겠지. 하지만 점점 배가 불러 온다는 사실을 모두가 눈치챌 텐데 그때는 과연 뭐라고 말을 해야 할까? 모르긴 해도 저마다 이러쿵저러쿵 한마디씩 할 게 뻔한데! 장화에서 가오슝까지 온 이유는 이곳이 엄마와 외할머니의 고향이기 때문이다. 게다가 엄마와 외할머니가 아는 사람들은 모두 이곳에 살고 있다. 아빠한테는 이런 사실이 문제가 안 되나? 아무도 모르는 곳에 가서 안심하고 출산을 준비하라고 하지 않았던가? 열다섯 살 손녀가 임신했다는 사실은 외할머니한테도 부끄러운 게 아닐까? 거짓말로 순간을 모면하기보다는 정직하게 털어놓는 편이 훨씬 낫다. 그래야 나중에 문제가 안 될 테니. 지금 확실히 말해 두지 않으면 얼마 지나지 않아 점점 커져 가는 내 배를 두고 엄청난 소문이 돌 거다. 나중에 아무리 설명해 봤자 이미 때는 늦었을 테고. 사실을 은폐하는 건 결국 일을 더 크게 만들 뿐이다.

"저 임신했어요. 그래서 휴학하고 여기로 아기를 낳으러 온 거예요."

살짝 감정이 격해진 나는 심장이 터질 듯 뛰기 시작했고 목소리도 약간 떨렸다.

순간 거실에 있던 모든 사람들이 어안이 벙벙해져 나를 바라봤다. 아빠와 란마마 그리고 외할머니조차도 전혀 예상하지 못했던 일이라 다들 멍한 표정이었다.

무슨 말을 해야 할지 몰라 모두가 침묵하고 있을 때 루샤오위안이 진지한 표정으로 입을 열었다.

"옛날 우리 조상들의 관습으로 봤을 땐 네가 임신한 시기가 딱 적절해. 소위 비녀를 꽂는 나이잖아. 고대 여자들은 만 15세가 되면 머리를 틀어 올리고 비녀를 꽂았다고. 『예기』에도 이런 말이 있어. '여자가 시집갈 때가 되면 머리에 비녀를 꽂아 예를 갖춘다.' 그러니까 15세는 결혼하기에 딱 좋은 나이지."

말투가 마치 나이 지긋한 학자 같았다.

"아드님이 공부를 참 잘하나 봐요."

란마마가 당황한 기색이 역력한 목소리로 이렇게 말하자 샤오위안은 싱긋 웃으며 대답했다.

"아니에요, 바로 오늘 수업시간에 배운 내용이라 기억났을 뿐이에요."

"여기라면 출산 준비 하기 딱 좋겠네요. 시장도 가까우니 필요한 건 뭐든 다 있을 거예요."

샤오위안의 엄마 역시 미소를 지으며 덧붙였다.

"뭐든 도움이 필요하면 저희를 찾아오세요. 우리 식구를 든든한 후원자로 생각해 주시고요."

샤오위안의 아빠가 자기들 집 방향을 가리키며 말했다.

다들 집으로 돌아가는 길에 맨 마지막으로 현관을 나서던 샤오완이 내 귀에 대고 속삭였다.

"너 진짜 용감했어."

나는 쓴웃음을 지어 보였다.

용감하다니? 내가 어딜 봐서 용감했을까? 아이를 낳기로 해서? 아니면 낯선 사람들 앞에서 내가 임신한 사실을 털어놓아서? 아니면….

하지만 내 마음속 깊은 곳에는 차마 그 누구에게도 꺼내지 못한 말이 자리 잡고 있었다. 난 너무나 두렵고 무서웠다! 쥐도 새도 모르게 어디로 숨어 버리든가 아니면 뱀처럼 겨울잠이라도 자고 싶은 심정이었다. 내 마음은 단 한순간도 안녕하지 않았다. 나는 불안하고 초조했으며 시시때때로 공황상태에 빠졌다. 심지어 가끔은 죽고 싶었다!

진짜로 용감한 건 외강내유 상태가 아니다. 안팎이 일치해야 한다.

공주님, 그렇다고 해서 너무 걱정하지는 마. 안과 밖의 격차를 줄이려고 노력해 볼 테니. 진짜 용감한 사람이 되도록 말이야. -*

아빠와 란마마 그리고 콧구멍이 장화로 다시 돌아갈 채비를 했다.

아빠는 차에 오르기 전에 내 손을 꼭 잡고 이렇게 말했다.

"이왕 결정을 했으니 아무 생각 말고 출산 준비 잘해. 나중 일은 천천히 생각해 보자. 그동안 아빠가 감정을 잘 추스르지 못해서 미안해. 너도 알잖니, 아빠가 영 말주변 없는 거. 넌 아빠의 하나밖에 없는 딸이야. 무슨 일이 있어도 너랑 네 아이는 아빠가 돌볼게. 절대로 여기 외할머니 집에 널 팽개치고 가는 게 아니니까…."

"아빠, 나도 다 알아. 정말이야."

어느새 내 눈시울이 붉어졌다.

아빠는 주머니에서 현금카드를 한 장 꺼내어 내 손에 쥐어 주었다.

"비밀번호는 네 생일이야. 영양제 같은 거 필요하면 할머니한테 사 달라고 해."

그때 옆에 있던 콧구멍이 기세등등하게 외쳤다.

“누나, 괴롭히는 사람 있으면 나한테 꼭 말해. 내가 대신 혼쭐내 줄게.”

“꺼져! 네가 언제부터 깡패 노릇까지 했니!”

그렇게 아빠와 란마마 그리고 콧구멍이 떠나자 마치 내 영혼도 함께 빠져나간 기분이었다.

휑하게 텅 빈 마음만 남겨 둔 채.

7 … 시장은 커다란 교실

안녕? 공주님.

네가 벌써 15주나 되었어. 4개월에 접어든 지금, 네 호화 궁전은 파파야만큼 커졌단다. 나는 입덧이 끝났는지 더는 토하지 않아.

옷도 이제 한 사이즈 크게 입기 시작했어. 누가 봐도 임신한 배가 분명하거든. 의사 선생님 말로는 이제 네가 완전한 형태를 갖췄고 태반을 통해 영양을 섭취하기 시작했으니까 호두나 참깨, 꽃양배추, 굴처럼 지방질이 풍부한 음식을 먹어야 한대. 다시 말해서 나는 밥을 2인분씩 먹어야 한다는 뜻이지. 요 며칠은 어찌나 식욕이 왕성했던지 매일같이 시장에 나가서 굴전이랑 냉동 토란, 스션탕(곱창과 율무, 각종 한약재를 넣어 끓인 탕)을 엄청 먹어 댔어. 외할머니가 나를 보며 그렇게 먹다간 우량아가 태어날 거라고 하셨지.

우량아라고? 맙소사! 공주님, 너를 울트라 뚱뚱 공주로 만들지 않기 위해서 앞으로는 조금 덜 먹도록 노력할게.

그런데 방금 뱃속에서 뭐 했니? 혹시 발로 내 배를 살짝 찬 거야? 나한테 인사했구나! 하핫, 정말 신기하다! 내 뱃속에서 꼬물거리는 아기가 스트레칭을 하다니.

요즘 외할머니가 백합조개탕을 자주 끓여 주시는데 외할머니 음식 솜씨는 진짜 끝내줘. 공주님, 너한테만 살짝 말해 줄게. 난 요즘 외할머니랑 함께 살면서 얼마나 행복한지 몰라. 솔직히 말하면 집에 있을 땐 콧구멍한테만 모든 사랑이 집중됐고 나는 그쪽으로 쏠리고 남은 사랑을 주워 담는 기분이었거든. 그런데 외할머니는 오로지 나만 예뻐해 주고 나한테만 신경 써 주신단다. 하지만 오해하진 말아 줘. 나는 내 동생 콧구멍을 정말로 좋아해. 공평한 대우를 받지 못했다고 해서 콧구멍한테 화낼 마음은 정말로 없어. 아빠와 란마마의 편애가 콧구멍 잘못은 아니니까. -*

근처의 시장은 밤이 되면 닭튀김이나 구운 옥수수, 처우더우푸(발효 두부)를 파는 떠들썩한 야시장으로 바뀌었다. 나는 매일 외할머니를 따라 시장으로 산책을 나갔는데 이곳 상인들은 언제나 유머가 넘쳤다. 한번은 외할머니가 야채를 파는 상점에서 아욱을 고르다가 한마디 했다.

"이거 너무 안 싱싱하잖아!"

가게가 한창 바쁠 때였는데 어찌나 정신이 없던지 주인은 검정색 티셔츠를 뒤집어 입은 줄도 모르는 것 같았다.

"아욱은 싱싱해요, 안 싱싱한 건 내 몸뚱이죠."

대답이 어찌나 우습던지 할머니는 결국 그 가게에서 아욱을 샀다.

"옷 뒤집어 입으셨어요."

나는 가게를 나서기 전에 주인에게 다가가 조그맣게 속삭였다.

그러자 주인은 되레 커다란 목소리로 이렇게 말했다.

"오늘 하루 종일 사람들이 나한테 그 말을 했는데, 지금 네가 딱 101번째다. 옜다, 경품으로 아욱 한 단 더 주마."

경품으로 아욱을 받아 들며 나와 외할머니는 배꼽을 잡았다.

한번은 샤오위안이랑 이런저런 얘기를 나누다가 내가 '시장의 왕씨'라는 글을 써 볼 생각이라고 말해 주었다. 샤오위안은 처음엔 내 말을 이해하지 못했다.

"왜 하필이면 왕씨야?"

"상인들은 하나같이 자기 가게의 수박, 파인애플, 망고, 사탕수수가 달고 맛있다고 하잖아. 그런데 집에 와서 먹어 보면 전혀 안 달거든."

"아, '참외 파는 왕씨 노파가 제 것이 제일이라 자화자찬한다.' 그 속담 말하는 거야? 그래서 왕씨구나."

마침내 샤오위안도 이해했다는 듯 고개를 끄덕였다.

장사하는 사람들은 물건을 팔기 위해 온갖 수단과 방법을 동원해 자신의 물건이 좋다고 해. 사랑하는 공주님, 그러고 보면 시장은 마치 커다란 교실 같아. 우리는 그곳에서 유머와 처세를 배우고 사람을 대하는 법과 더불어 성실함도 배운단다.

물론 예외도 있지.

어느 날 하미과(하미 지역에서 나는 멜론)를 파는 상점에서 내가 주인 아주머니에게 물었어.

"이거 달아요?"

그랬더니 아주머니가 잠깐 망설인 끝에 이렇게 대답하는 거야.

"약간 달아."

정말이지 너무 귀여운 대답 아니니! 이런 건 마땅히 본받아야 해. 사람들은 저마다 왕씨처럼 자기 과일이 달다고 장담하는데 집에 와서 먹어 보면 그렇지 않은 경우가 태반이거든. 약간 달다니, 얼마나 적절한 표현이야. 왕씨처럼 자화자찬도, 그렇다고 거짓말도 아닌 그야말로 품격 있는 표현이지. 공주님, 나는 네가 태어난 뒤에도 계속 이곳에서 살고 싶어. 그리고 그 귀여운 주인 아줌마도 계속 거기서 장사를 했으면 좋겠어. 나중에 너를 소개시켜 드릴 수 있게 말이야. 물론 우리가 여기서 살려면 외할머니 동의가 필요하겠지만.

공주님, 혹시 내가 점점 노티 나고 잔소리만 늘어가는 그런 엄마가 되어 가는 것 같니? 엄마가 되고 나면 잔소리가 많아지나 봐. 분명히 약속하는데 난 절대로 잔소리꾼 엄마는 되지 않을게. 나는 너보다 겨우 열다섯 살 많을 뿐이니 네 친구도, 소꿉놀이 동무도, 언니도, 엄마도 전부 될 수 있단다. 내가 어릴 적 갖고 놀던 장난감도 모두 다 그대로 있다고! 네가 그것들을 갖고 놀 나이가 되면 내가 옆에서 함께 놀아 줄게. -*

주말 오전, 집 앞 등나무 의자에 앉아 얼린 토란을 먹는데 옆집 루샤오완이 책 한 권을 손에 들고 밖으로 나왔다. 집 앞을 지나가던 샤오완은 문득 무언가 생각났다는 듯 다시 돌아와 내게 물었다.

"지금 도서관 가는 길인데, 같이 갈래?"

도서관?

"좋아, 어차피 심심했는데."

나는 얼른 집으로 들어가 외할머니한테 도서관에 간다는 말을 한 다음 먹던 토란을 한입에 삼키고 샤오완을 따라나섰다. 도서관은 아주 가까워서 다섯 블록 정도만 걸으면 된다고 했다.

"혹시 '사후 피임약'이라고 들어 봤어?"

샤오완이 내 배를 흘끗 보더니 거리낌 없이 물었다. 전혀 아무렇지도 않은 표정으로 말이다. 보통 사람이라면 으레 그런 질문을 할 때 얼버무리거나 빙빙 돌려서 묻기 마련이다. 아니면 암시하는 단어를 잔뜩 사용해서 묻고 싶은 내용을 상대방이 눈치채게 만들거나. 하지만 샤오완은 그러지 않았다. 과연 대도시에서 자란 여학생은 뭐가 달라도 다른 것 같았다.

"나중에 알았어."

나는 한참 뒤에 인터넷에서 사후 피임약에 대한 글을 보았다.

"그 약이 몸에 엄청 안 좋대. 하지만 만의 하나 불행한 일이 발생한다면 임신을 하는 것보다야 낫겠지."

"설마- 너- 먹어 본 건 아니지!"

대도시의 여학생은 성에 대한 태도 역시 개방적인가 보네.

"그냥 상식이야. 선생님이 말해 줬어."

샤오완은 나를 상식도 없는 바보로 아는 게 분명했다.

뭐, 상관없다. 어차피 나는 바보가 맞으니까.

“도시의 선생님은 역시 다르구나. 우리 선생님은 한 번도 얘기해 준 적 없는데. 그런 약의 존재를 알게 된다면 학생들이 마구 사용할까 걱정했나 봐.”

“만약 사후 피임약을 믿고 멋대로 행동한다면 나중엔 분명 몸도 망가지고 후회하게 될 거야. 몸의 본래 기능을 억지로 막는 약이잖아. 처음 한 번 정도야 원래대로 회복할 수 있겠지. 하지만 그런 식으로 두 번, 세 번, 계속된다면 끝장이야. 나중엔 아기를 낳고 싶어도 못 낳을걸.”

“만약 너라면 어떻게 했을 것 같아?”

“임신 말이야?”

“응.”

“애초에 그런 일은 생기지 않았을 거야.”

샤오완은 단호하게 대답했다.

“어떻게 확신해?”

나는 샤오완의 말이 조금은 의심스러웠다.

“손쉽게 피임할 수 있는 방법이 얼마나 많은데 임신을 하겠어?”

내가 말했었지, 모든 일은 너무도 순식간에 일어난다고!

“나랑 샤오위안은 비록 쌍둥이지만 정반대야. 엄마도 자주 그렇게 말하곤 해. 걔는 정말 감수성이 풍부해. 길거리를 떠도는 고양이를 집으로 데려오는 애라니깐. 하지만 난 아니야. 난 고양이 밥 주고 돌보는 그런 일에는 정말 관심 없어. 애완동물을 키울 생각도 없고. 나는 내 생활에 방해가 되는 일은 어떻게든 피하고 봐."

정말로 그런 것 같았다. 샤오완은 주관이 뚜렷했고 저런 말을 하면서도 표정에는 확고한 자신감이 흘러넘쳐 반짝반짝 빛이 났다. 그래서 많은 사람들 가운데서도 단연 눈에 띄는 아이였다.

"너 남자 친구 있어?"

이렇게 똑똑한 아이는 어떤 남자를 좋아할까?

"없어."

"그럼 좋아하는 사람은?"

샤오완은 잠깐 망설이다가 대답했다.

"3학년 선배 중에 좋아하는 사람이 있긴 해. 그 선배는 지금 소설을 쓰는 중인데 고등학교 졸업하는 날 완성할 거래."

"와, 진짜 특별한 계획이네."

"맞아, 시간 날 때마다 쓰고 있는데 나중에 문학상에 출품할 거래."

나는 샤오완이 가슴팍에 품은 책을 가리키며 물었다.

"책 읽는 걸 그렇게 좋아하면 너도 소설을 써 보지그래?"

그러자 샤오완은 알 듯 말 듯 묘한 미소를 지어 보였다.

"실은 나도 지금 쓰는 중이야. 내가 고등학교를 졸업하는 날, 내 작품이랑 그 선배 작품이 같은 문학상 후보에 올랐으면 좋겠어. 그럼 선배도 나를 알아봐 주겠지."

그토록 오랫동안 공들인 사랑, 게다가 5년이라는 시간을 두고 만들어낼 단 한 번의 기회라니. 이쯤이면 위대하다고 말해도 되지 않을까?

사랑하는 공주님, 갑자기 샤오완이 존경스럽게 느껴졌어. 점점 멸종해 가는 천연기념물이라고, 이런 아이는! -*

"뱃속에 아이가 있으면 어떤 느낌이야?"

"변비."

나는 망설임 없이 바로 대답했다. 임신한 직후부터 변비에 시달렸고 변비와 비슷한 증상이 그림자처럼 따라다녔다.

샤오완은 웃음을 터뜨렸다. 비유가 엉뚱하다고 생각하나 보다.

"변비를 겪으면 불안, 초조, 근심, 걱정, 이런 기분 들지 않아? 뱃속에 태아가 들어 있다는 사실만 제외하면 딱 그런 느낌이야."

"아, 그렇구나!"

실은 나도 뱃속에 작은 아기를 품고 있는 이 느낌을 어떻게 설명해야 할지 잘 모르겠어. 그건 정말로 복잡한 기분이야. 분명 불안하고 초조한데 때로는 몹시 흥분되고 또 한편으론 기대가 되거든. 남몰래 이런 기도도 했었단다. 부디 뱃속의 네가 그 애 말고 나를 닮았으면 좋겠다고. -*

도서관에 도착하자 샤오완은 문학작품 구역으로 들어갔고 나는 그림책 몇 권을 골라 푹신한 소파에 앉아 읽기 시작했다.

사랑하는 공주님, 나는 도서관이란 곳에 발을 들여놓은 적이 거의 없었어. 생각해 보니 어릴 적에도 책을 그리 많이 읽지는 않았던 것 같아. 하지만 콧구멍이 태어난 뒤로 집 안엔 그림책을 비롯해 온갖 책들이 점점 늘어갔지. 그러고 보면 란마마를 조금은 원망하지 않을 수가 없어. 정말 나를 친딸로 생각했다면 어째서 내겐 책을 사 주지 않았을까? 나는 지금껏 란마마가 콧구멍과 나를 차별하는 것에 대해 그다지 신경 쓰지 않으려고 무던히 애써 왔어. 우리 둘을 똑같이 사랑하기란 분명 어려운 일이잖아? 나도 란마마를 친엄마처럼 사랑할 순 없으니까! 친엄마에 대한 기억이 전혀 없는데 그걸 어떻게 아느냐고? 무어라 딱 꼬집어 말할 순 없지만 아빠에 대한 감정과 란마마에 대한 감정은 분명 달라. 뭐랄까, 란마마와 나 사이엔 보이지 않는 그물이 층층이 가로막고 있는 느낌이야. 다시 말해서 란마마는 아빠를 사랑하니까 당연히 아빠한테 잘해 주는 거고 그 연장선상에 나도 포함된다고나 할까?

그치만 사랑하는 공주님, 앞으로 너를 마주하게 될 나는 마음이 넓고 관대한 엄마가 되고 싶어. 그러기 위해서는 란마마를 대하는 태도 역시 바꾸려고 노력해야겠지. -*

그림책이 이렇게나 재미있을 줄은 꿈에도 몰랐다! 내가 고른 책은 좋은 엄마가 되고 싶지만 아무것도 알지 못하는, 그러니까 딱 나 같은 엄마들을 위한 책이었다. 책 속에는 아이와 어떻게 감정을 교류하고 우정을 쌓아 가야 하는지, 아이에게 시장의 야채들을 어떤 식으로 알려 주어야 하는지 나와 있었다. 가장 흥미로웠던 주제는 각양각색의 대변을 구분하는 방법이었는데 그 내용이 어찌나 재미있던지 시간 가는 줄 모르고 단숨에 읽어 버렸다.

어느새 책을 한아름 안은 샤오완이 내 옆에 와 있었다.

"그렇게 많은 책을 다 읽으려고?"

학교 숙제만으로도 벅찰 텐데 책 읽을 시간이 있을까.

"물론이지! 밥 먹고 30분, 자기 전에 30분, 토요일과 일요일에 각각 세 시간씩. 요즘 사람들은 하나같이 카우치 포테이토야, 책은 안 읽는다니까. 게으른 사람은 으레 시간이 없는 법이야."

공주님, 카우치 포테이토란 말은 소파에서 티브이를 많이 보면 감자가 된다는 뜻이 아니야. 이건 영어 단어에서 온 일종의 비유라고 보면 되는데 하루 종일 소파에 앉아 감자칩을 먹으며 티브이만 보는 사람들을 말해. 좀 더 적나라하게 표현하자면 소파에서만 뒹구는 식충이 같다는 의미지!

이런! 공주님! 그러니까 앞으로 우리 두 사람은 행여 카우치 포테이토나 마우스 포테이토(컴퓨터 앞에서 많은 시간을 보내는 사람을 뜻함)가 되지 않도록 서로 조심해야 돼! – *

8 … 폐허가 되어 버린 마음

오늘 하루는 어땠니?

아침에 눈을 떠서 지금까지 네 태동을 전혀 느끼지 못했어. 잘 살아 있는 거지, 공주님?

오늘은 병원에서 각종 검진을 받았는데 의사 선생님 말로는 모든 게 다 정상이래. 이제 네 키가 약 28센티미터까지 자랐다고 하는구나. 대충 계산해 보니 네가 살고 있는 호화 궁전의 크기가 거의 축구공만 할 것 같아. 그런데 말이야, 혹시 그 안이 너무 푹신해서 텀블링이라도 하는 거니? 네가 그럴 때마다 난 너무 놀라 쓰러질 지경이야. 그럼 매번 하던 일을 멈추고 네가 제자리로 돌아가길 조용히 기다리곤 해.

어젯밤엔 자다가 다리에 쥐가 났어! 세상은 왜 이다지도 불공평할까? 임신이란 이 세상 인구를 한 명 늘리는 데 일조하는 위대한 일이라고, 안 그래? 하지만 봐 봐, 하느님이 우리를 어떻게 대하는지. 예비 엄마들은 다리에 쥐가 나고 변비와 불면증도 모자라 온 얼굴을 뒤덮어 버린 여드름까지 견뎌야 한다고!

너무해! 너무해! 너무해! -*

이곳에 온 뒤로 처음 알게 됐다, 가오슝에선 비가 밤에만 몰래 내린다는 사실을. 자주 불면증에 시달린 덕분에 나는 밤마다 비가 얼마나 왔는지 알 수 있었다. 비막이 판자를 두드리는 빗소리는 아주 작고 희미했지만 밤새 깨어 있는 내 귀엔 그 소리가 또렷이 들렸다. 가끔은 밤새도록 엄청 퍼붓던 비가 해 뜨기 직전 거짓말처럼 멈추기도 했다. 맑고 화창한 하늘은 어젯밤 아무 일도 없었다는 듯 시치미를 뗐지만 대문 앞에 세워 둔 자동차에는 밤사이 내린 비를 짐작하게 해 주는 단서가 남아 있었다. 보닛 위를 얇게 뒤덮은 회색 먼지 사이로 빗방울의 발자국이 보였으니까.

지난밤의 비밀은 잠을 이루지 못한 사람에게만 그 모습을 드러냈다.

공주님, 오늘은 내 기분이 몹시 안 좋아. 혹시 너도 느껴지니? 두렵다는 느낌은 흡사 기침과도 같아서 아주 빠르고 갑작스럽게 치밀지만 그걸 미리 예방하거나 감출 방법은 결코 존재하지 않아. 요 며칠 이런 감정이 하루가 멀다 하고 찾아왔어. 꼭 대관람차가 커다란 원을 한 번 그리고 난 뒤 또다시 다가오는 것처럼.

오늘은 산책을 나가면서 외할머니가 벽에 걸어 두었던 진회색 털

외투를 입었어. 일부러 말이야. 그 외투는 열다섯 살짜리 여자아이가 절대로 입을 리 없는 촌스런 스타일의 겉옷이라 어려 보이는 내 얼굴을 감추기에 딱이었으니까. 하지만 여전히 수많은 사람들이 끊임없이 나를 구경하듯 바라보았어. 사랑하는 공주님, 네게 신선한 공기를 공급해 주려면 어쩔 수 없이 매일 산책을 해야 돼. 하지만 그런 이유가 아니라면 나는 정말로 집 밖에 나가기가 싫어!

맞아, 공주님. 네가 자궁이라는 궁전에 자리 잡은 다음부터 나는 왠지 모르게 당황스럽고 애타게 마음을 졸이다가 몹시 걱정스러운 기분에 수시로 사로잡혀. 그러다가 결국엔 울음을 터뜨리곤 해. 앞으로 나에게 닥칠 일들을 도무지 알 수 없기 때문이야. 사람이 혼자 있을 때면 특히나 기분이 더 가라앉는 법이잖아. 하지만 결코 나의 선택을 후회하지는 않아. 설령 앞으로 계속 이런 일들을 겪어야 한대도 난 절대 후회하지 않을 거야.

공주님, 네가 성인이 될 때까지는 내가 곁에서 널 돌봐 줄게. 마치 충직한 하인처럼 말이야. 하지만 나 자신조차도 아직 성인이 아니잖아! 어린아이의 맹세를 과연 다른 사람들이 인정해 줄까? 다른 사람들의 생각은 신경 쓰지 않을래. 좋은 엄마가 되기 위한 나의 노력을 너만 알아준다면 그것으로 충분해.

오늘은 도서관에서 책을 두 권도 채 읽지 못했어. 도무지 눈에 들어오질 않아서. 책이 재미없었던 건 아니야. 그저 내 마음이 초조하고 불안해서 집중할 수가 없었어.

공주님, 오늘은 정말 아무 말도 하고 싶지 않아. 너한테 말을 걸지 않아도 오늘 하루만은 이해해 주겠니?

오늘 하루만 너랑 외할머니 그리고 이 세상을 외면해도 될까?

오늘 하루만 이 세상이 정말 철저히 돌이킬 수 없는 곳이라고 생각해도 될까?

나한테 아무 말도 하지 말아 줘, 안 그럼 너를 싫어하게 될지도 몰라. 내 마음은 온통 폐허가 되어 버렸어!

그래, 맞아, 공주님. 그러고 보니 지금 네가 폐허 옆에 살고 있구나. 부디 이해해 주렴. -*

9 ··· 무책임한 아빠가 도망간 백 가지 이유

설문지를 만들었다. 언젠가는 도망친 팡야오원에게 건넬 수 있길 바라며.

난 정말로 그 아이의 생각이 궁금했다. 도대체 어떻게 해야 팡야오원을 붙잡아 이유를 들을 수 있을까?

*** 썩어 빠진 인간, 무책임한 아빠는 다음 중 자신이 도망친 이유와 가장 가까운 보기를 고르시오.** (중복 선택 가능)

□ 황이팡 이 밥맛, 어쩜 이렇게 집요하지? 내가 그렇게나 잘해 줬는데. 매일 매일 아침도 사다 주고. 그것도 매번 다른 메뉴로 말이야. 그렇게 잘해 줬는데 아직도 나를 닦달하다니! 혼자 좀 알아서 하면 안 되니? 애가 내 뱃속에 있는 것도 아닌데.

□ 이미 벌어진 일인데 어쩌겠어? 솔직히 말해서 책임지고 싶지 않아. 열다섯 살에 아빠라니? 난 못 해. 그래서 도망칠 수밖에 없었어.

□ 삐치지 마. 설마 그렇게 재수가 없을라고! 단 한 번 만에 로또 당첨이라니? 그냥 나타나지 말자, 책임질 필요도 없어. 전부 뜻밖의 사고였을 뿐이야.

□ 적군이 공격해 오면 장수가 나가서 막고, 물이 밀려오면 흙으로 막는다는 말도 있잖아. 상황을 지켜보면서 방법을 찾자고!

□ 그냥 날 잊어! 다시는 찾지 마. 난 조금도 책임질 마음이 없어. 그게 다야.

□ 미안해! 정말 미안해! 미안해미안해미안해미안해….

□ 기가 막혀! 당연히 도망칠 수밖에. 그렇게 쉽게 임신이 되는 여자는 딱 질색이야! 도망가는 것 말고 달리 방법이 없잖아?

□ 사라지는 유일한 방법은 도망뿐. 앞으로 일체의 연락을 거절하겠어!

□ 그런 남자들 많잖아. 나를 그냥 쓰레기라고 생각해. 도망치게만 해 줘!

□ 정말이야, 믿어 줘. 너무 놀라서 도망쳤어. 나도 어찌할 바를 몰랐으니까. 우리 집은 찢어지게 가난해서 나 하나 키우기도 힘들었다고. 그런데 어떻게 아기를 키워. 부디 도망친 나를 용서해 줘.

□ 내 탓 하지 마! 몇 달 동안 너한테 잘 보이려고 얼마나 노력했는데.
그동안 즐거웠으면 됐잖아?

□ 맞아, 지난번 타이베이에서 장화로 전학 간 것도 같은 이유에서였어.
여자애를 임신시켜서 도망쳤어.

□ 맞아, 난 이미 자식이 백 명쯤 돼. 온 타이완을 도망 다니느라
이젠 더 이상 숨을 곳도 없어. 그러니까 나 좀 그만 들볶아.

□ 상처 줘서 미안해. 내가 성숙하지 못했던 거 부디 용서해 주길 바랄게.
이미 우리 사이엔 아무 감정도 안 남았겠지만 만약 아이를 낳는다면
나한테도 보상할 기회를 줘. 열심히 돈 벌어서 생활비와 교육비를 보탤게.

□ 난 나쁜 놈이 아니야.

□ 위의 보기 전부

□ 해당사항 없음

□ 기타 ______________

10 ··· 판판에게 보내는 설문지

공주야, 오늘도 안녕?

내가 생각을 좀 해 봤는데 넌 분명 장난이 심한 댜오만 공주(말괄량이지만 의협심 강한 드라마 주인공)가 틀림없어. 혹시 그 안에서 소림권법이라도 수련 중이니? 제발 부탁인데 다음번 돌려차기 연습 시간엔 궁전의 벽을 살짝 노크해서 미리 좀 알려 주렴. 그래야 나도 마음의 준비를 하지. 안 그러면 너무 깜짝 놀라서 숨이 멎을지도 모른단 말이야. 그런 일이 벌어진다면 분명 너한테도 안 좋은 영향이 미칠 거라고.

의사 선생님 말로는 네 손과 발에 지문이 생겼고 이제 눈도 뜰 수 있대. 모든 신경세포도 다 갖춰졌고 몸집도 점점 커지는 중이래. 피부에 주름도 생겼다고 했어. 이젠 너한테 동화책을 읽어 줘도 된대.

네가 자라면서 동시에 내 배도 정말 많이 부풀었어. 가끔 계단을

오를 때면 숨이 턱까지 차고 하루에도 수십 번씩 화장실을 들락거리지. 자궁이 커지면서 방광과 폐, 위와 신장을 압박하기 때문이래. 난 요즘 손도 까딱하기 싫어 침대에 널브러져 있을 때가 많아. －✻

돌돌 말린 이불에 파묻혀 있기 딱 좋은 12월의 어느 오후였다.

오늘 읽은 그림책은 친구들끼리 싸우고 화해하는 내용이었다.

문득 판판이 떠올랐다. 만약 먼 훗날 우리 공주님이 친구와 싸운다면 내가 그 아이들에게 우정과 화해의 중요성에 대해 말할 자격이 있을까? 나조차도 지금까지 판판과 연락을 주고받지 않으면서 말이다.

내가 수시로 외로움을 느끼는 이유는 아마도 친구가 없기 때문인지 모른다. 이곳에 친구라곤 샤오완과 샤오위안뿐이니까.

한번은 샤오위안이 참깨죽을 들고 우리 집을 찾아왔다.

“내가 좀 알아봤는데 임산부는 참깨죽을 많이 먹어야 한대. 그래야 몸에서 힘이 난다고 하더라.”

난 죽이 담긴 사발을 받아 들며 샤오위안에게 고맙다고 인사했다.

“아기는 얼마나 큰 거야?”

“5개월이야. 의사 말로는 이제 눈을 깜빡일 수 있대.”

샤오위안은 눈을 동그랗게 뜨며 호기심 가득한 얼굴로 미소를 지었다.

“눈을 깜빡이다니! 정말 신기하다! 참, 엄마가 뭐든 도울 일이 생기면 알려 달라고 하셨어. 아빠 차로 곧장 병원에 데려다줄 수 있으니까.”

“응, 고마워. 그런데 아직은 좀 일러. 예정일은 내년 4월이잖아.”

샤오위안은 팡야오원과 비교하면 몇 갑절은 더 귀여웠다.

"만약 내가 누군가를 임신시켰다면 난 절대 그 여자를 떠나지 않을 거야. 홀로 이 많은 일들을 겪게 내버려 두지도 않을 거고. 정말이야."

표정이 진지했다.

"맞아. 너라면 분명 그랬겠지. 넌 책임감 있는 남자니까."

나 역시 진지하게 대답했다.

"만약 그 애가 진짜로 아이를 원하지 않는다면 내가 아빠가 되어 줄게."

난 푸핫 웃음을 터뜨리고 말았다.

"너 지금 그 말이 무슨 뜻인지는 알고나 하는 소리야?"

"물론 알아! 난 아주 어릴 때부터 아빠가 되고 싶었어."

나는 샤오위안이 그저 내 기분을 좀 띄워 주고 싶은 거라고 생각했다.

"문제없겠네! 그 소원은 쉽게 이룰 수 있는 거잖아."

공주야, 루샤오위안이 아빠라면 어떨 것 같니?

하핫, 만약 이 말이 진심이라고 해도 아직은 너무 일러. 앞으로 어떤 일이 일어날지 아무도 모르니까. 내가 임신을 하고 배운 게 하나 있다면 그건 무슨 일이든 잠시 미루어 두고 잘 생각해 본 다음 결정해야 한다는 거야. －✻

옆집 쌍둥이들이 친구가 되어 주긴 했지만 그래도 난 언제나 판판을 떠올렸다. 아직도 나한테 화가 많이 나 있을까?

꼬박 하루를 곰곰이 생각한 뒤 나는 판판에게 모든 걸 말하기로 결심했다. 처음 보는 사람한테도 모든 사실을 말했는데 굳이 친구한테 숨길 필요가 있을까? 전혀 그럴 이유가 없어, 없어, 없다고!

판판에게 편지를 썼다. 모든 일의 시작부터 끝까지. 그리고 지금의 내 상황까지 전부 다. 설문지도 한 장 끼워 넣었다. 이렇게 조금은 가볍고 장난스런 방법으로 우리 사이의 우정을 다시 회복하고 싶었다.

＊황이팡이 모든 사실을 말하지 않았던 것에 대해서, 다음 보기 중 가장 용납할 수 있는 항목을 골라 주세요. (최대 3개까지 중복 선택 가능)

□ 연락해 줬으니 됐어, 소식을 기다렸을 뿐 널 원망한 적은 없어.

□ 아직도 화가 다 풀리진 않았지만 친구를 용서하는 건 세상에서 가장 관대한 일이잖아. 용서해 줄게.

□ 너 정말 미워, 작별인사도 없이 그렇게 떠나다니! 영원히 용서하지 않겠어.

□ 분명 그럴 만한 이유가 있었겠지, 이유가 어찌 됐든 난 다 이해해.

□ 우린 친구잖아! 그렇게 떠나야만 했던 이유를 알려 준다면 용서해 줄게!

□ 진짜 짜증나! 이게 무슨 친구야? 나한테 더 이상 연락하지 마.

□ 괜찮아, 신경 쓰지 마. 나도 너한테 아무 말 없이 어디론가 사라질 테니까.

□ 오, 하느님 감사합니다. 황이팡이 드디어 나타났어요.
얼마나 걱정했는지 알아? 잘 있다니 다행이야.

□ 뭐라고? 가오슝으로 이사했다고? 잘 됐네! 가오슝엔 한 번도
못 가 봤는데, 이참에 가서 드림몰 쇼핑센터나 구경해야겠다.

□ 너무 연락이 없어서 외계인한테 납치당한 줄.
우주 노예라도 된 줄 알았잖아.

□ 만약 내가 그런 상황이었더라도 분명 괴롭고 힘든 결정이었을 거야.
그러니까 미안하다는 말 안 해도 돼. 난 이미 다 용서했어.

□ 이팡이 한마디 말도 없이 떠난 건 다 내가 잘못했기 때문이야. 어쩌면
지난번에 우쿨렐레 빌려주지 않아서 아직까지 화가 나 있는지도 몰라.

□ 당장 연락해. 우쿨렐레 보내 줄게.

□ 위의 보기 전부

□ 해당사항 없음

□ 기타 ______________________

11 ··· 모두의 아이

공주야, 오늘도 안녕? – *

아침을 파는 가게에서 밥을 먹다가 문득 티브이 뉴스를 보게 되었다. 한 여중생이 생면부지의 인터넷 친구를 만나겠다며 집을 나간 뒤 일주일 만에 숨진 채 발견됐다는 내용이었다. 시체는 논 한가운데서 발견됐고 화면 속 아이의 엄마는 대성통곡하고 있었다.

뉴스를 보던 사람들 사이에서 한바탕 토론이 벌어졌다.

저 여학생 어떻게 된 거 아냐? 자신을 보호할 줄도 알아야지. 저런 바보 같은 여학생들은 구제할 방법도 없어! 요즘 애들은 너무 일찍부터 복잡한 남녀관계를 시작한다니까. 저번에 공원에 갔더니 글쎄 교복을 입은 애들이 나무 밑에서 키스하느라 정신이 없더라고. 뭐가 그리 급할까? 다 큰 다음에 하면 안 되나? 요즘 애들은 진짜 가르치기 힘들어! 그렇다고 해서 집 안에만 가둬 둘 수도 없는 노릇이고. 연애는 할 수 있어, 그걸 막을 수는 없지. 하지만 어떻게 해야 하는지 제대로 알려 줄 필요는 있어. 그런데 말이야 제대로 알려 준들 소용이 있겠어? 저 나이에는 친구 말만 듣지, 엄마가 아무리 얘기해 봐야 소 귀에 경 읽기라고.

사랑하는 공주님, 너도 다 들었니? 사람들 말에도 일리가 있다고 생각하니? 그 말이 맞든 틀리든 나는 사람들이 신경 쓰지 않는 틈을 타 재빨리 가게를 빠져나와야만 했어. 열다섯 살짜리 여자애가 임신해서 배부른 모습을 보고 또 한바탕 이러쿵저러쿵 토론이 벌어지기 전에 말이야. 아마 이렇게들 말하겠지. 저기 봐, 저기 진짜가 있었네. 애가 임신을 했잖아! 세상에, 저 아이 부모는 도대체 애 교육을 어떻게 시킨 거야? 애가 애를 낳다니, 말도 안 돼!

공주님, 우리가 저런 말을 들을 필요는 없잖아. 얼른 집에 가서 우웨톈(타이완의 인기 록밴드)이나 듣자고! —*

하지만 싱숭생숭한 기분 때문에 도저히 음악에 집중이 되지 않았다. 차이이린과 저우제룬의 노래는 물론이고 심지어 베토벤 5번 교향곡과 삼림광상곡까지 모든 음악들이 하나같이 내 기분을 초조하고 불안하게 만들었다. 마치 음악마저도 현실을 반영하는 것 같았다. 음악 역시 즐거움만을 공유할 뿐 어렵고 힘든 상황을 함께해 주진 못했다.

외할머니는 절에서 열리는 시장인 묘회에 참가하기 위해 타이난(타이완의 남서부 도시)에 가고 안 계셨다. 정오가 되어서야 나는 그때까지 말을 한마디도 하지 않았다는 사실을 깨달았다. 전화벨이라도 울리지 않는다면 텅 빈 집 안에서 하루 종일 아무 말도 할 필요가 없었다. 하지만 불현듯 무슨 말이든 해야겠다는 생각이 들었다.

"바보, 멍청이, 등신."

갑자기 왜 이런 말을 했을까?

나를 향해 내뱉은 말이었다. 요즘 들어 내가 저지른 온갖 바보 같은 짓들이 머릿속을 스쳐 지나갔다. 얼마나 바보 같은 짓이었느냐고? 굳이 예를 들자면 잠옷 바지를 입은 채 편의점에 가서 우유를 사 왔는데 집에 돌아온 뒤에야 바지 엉덩이에 구멍이 났다는 사실을 발견한 기분이랄까. 하지만 진짜로 내가 저지른 짓은 이런 일들과는 비교조차 되지 않았다. 바지에 구멍 좀 나면 어때, 그런 걸 누가 기억이나 한다고.

멀쩡히 지내다가도 아무런 이유 없이 과거의 기억들이 시시때때로 튀어나올 때면 내 마음은 몹시 혼란스러워졌다. 불쑥불쑥 떠오르는 과거의 괴로운 기억에 묶여 있는 이런 상황이 나는 정말 몸서리치게 싫었다. 어떻게 해야 여기서 벗어날 수 있을까?

공주님, 이 괴로운 기억들은 바로 너와 연관되어 있단다. 그래서 훗날 너를 볼 때마다 이런 생각을 하게 될지도 몰라. 내가 정말 바보 천치였구나, 라고. 하지만 너무 걱정할 필요는 없어. 내가 기분이 안 좋을 때마다 너한테 화풀이하지는 않을 테니까. 과연 내가 어떻게 해야 과거의 기억에서 너를 분리해 낼 수 있을까? 나는 그렇게 생각해. 이미 너를 낳기로 결정한 이상 너와 연결된 과거의 고리를 반드시 끓어야만 한다고 말이야. 그런데 여기에는 한 가지 문제가 있어. 그건 바로 이 모든 것들이 동시에 네 이야기도 된다는 사실이지. 정말 아이러니하지 않니. -*

왜 늘 고통스럽고 불행한 기억들만 생각날까? 행복하고 즐거웠던 기억들은 다 어디로 간 거지? 혹시 고통스럽고 불행한 기억들은 그 무게가 가볍기 때문에 위로 둥둥 떠오르는 걸까? 반대로, 행복한 기억들은 인생에 미치는 힘의 무게가 무거워 저 아래 깊은 곳으로 가라앉아 버리는 거고? 그렇담 머리를 마구 흔들어 그 안에 들어 있는 것들을 섞으면 행복한 기억이 떠오르게 될까?

아빠와 란마마가 나를 보러 왔다. 란마마는 한 솥 가득 검은콩 오골계탕을 끓여 주었고 그것만으론 모자랐는지 흰 목이버섯을 외할머니에게 건네며 나중에 푹 고아서 나한테 먹이라고 거듭 부탁했다.

"이제는 영양 섭취에도 신경 써야 해. 배가 그렇게 많이 나왔는데."

란마마는 가방에서 옷을 몇 벌 꺼내 주며 말했다.

"내가 임신했을 때 입던 옷인데 지금 딱 맞겠다. 새 옷은 안 사 왔어. 임신 기간은 후딱 지나갈 테고 아이를 낳으면 입을 일이 없을 테니까."

란마마는 자기가 인색해서 헌 옷을 가져다준 게 아니라는 사실을 애써 설명하려는 것 같았다.

"응, 알겠어. 고마워."

"혹시 장화로 다시 돌아가고 싶니?"

"여기서도 잘 지내. 할머니도 나한테 잘해 주시고."

"혹시 필요한 거 생기면 바로바로 말해."

내 손을 꼭 잡으며 란마마가 말을 이어 갔다.

"만약 여기서 아이를 낳을 생각이라면 출산할 때 내가 올게. 장화에서 아이를 낳고 싶다면 아빠가 데리러 오면 되고."

"아무것도 걱정하지 마, 너무 고민하지도 말고. 일단 지금은 너랑 아이만 생각해. 아빠, 엄마, 할머니, 외할머니까지 모두 네 곁에 있으니까."

떠나면서 아빠가 한 말이었다.

공주님! 아빠랑 란마마, 할머니 그리고 외할머니가 모두 내 편이라는 사실이 참으로 감사했어. 안 그랬다면 여기까지 올 수도 없었겠지. 넌 정말로 운이 좋구나. 그분들은 네 가족이기도 하니까. 분명 나한테 그랬던 것처럼 너도 사랑해 주실 테니까. -*

토요일 오전, 아직 잠에 취해 있는데 현관 벨이 울렸다. 잠시 뒤 누군가 계단을 올라오는 소리가 들렸고 이어서 방문이 열렸다. 나는 분명 외할머니일 거라 생각하고 꼼짝도 하지 않은 채 다시 베개에 얼굴을 파묻었다. 그런데 순간, 이불이 홱 젖혀지면서 내 눈앞에는 판판과 지아치가 나타났다.

"왜 진작 우리한테 말 안 했어?"

판판이 흐느껴 울며 말했다.

내가 느릿느릿 침대에서 몸을 일으켰고 우리 셋은 서로를 부둥켜안고 울음을 터뜨렸다.

"아이고! 좋은 친구들을 만났는데 왜 울고 그래!"

옆에서 안절부절못하며 외할머니가 외쳤다.

"아무 말도 못 하고 떠났던 이유는, 그러니까— 내가 임신했거든."

"우리한테는 말했어야지. 그랬으면 함께 있어 줬을 거 아냐. 도대체 혼자 어떻게 지냈어?"

너무 울어서 눈이 새빨개진 판판이 소리쳤다.

"네가 사라져서 얼마나 걱정했는데! 집에도 찾아갔는데 부모님은 네가 외할머니를 돌봐 드리러 갔다는 말뿐이셨어. 우리가 아무 생각도 못 하는 바본 줄 알아? 너랑 팡야오원이 동시에 사라지니, 정말 이상했다고. 도망친다고 해서 없던 일이 되는 건 아니잖아? 도대체 친구가 뭔데? 어쩜 우리한테 이럴 수 있니! 내가 너 하나도 못 지켜 줄까 봐 그랬어? 물론 한동안 너한테 화가 나긴 했었어. 하지만 그건 네가 입을 꼭 다물고 나한테 아무 말도 해 주지 않아서였어."

거침없이 말을 쏟아 낸 판판은 어느새 내 어깨를 토닥이고 있었다.

"팡야오원은 이사를 가 버렸더라."

지아치 역시 감정이 격해진 목소리로 말했다.

"이젠 괜찮아졌어. 가장 고통스러운 시간은 이미 다 지나간 것 같아. 나 스스로에게 의지하며 살아야겠다고 생각하니 화가 덜 나더라."

"우리한테 의지해도 돼. 아이가 태어나면 우리가 다 같이 먹여 살리면 되지."

판판이 아직 흥분이 채 가시지 않은 목소리로 말했다.

"맞아, 맞아! 우리 반 서른다섯 명이 전부 아이의 엄마와 아빠가 되어 주면 되잖아."

지아치가 짝짝 손뼉을 치며 맞장구쳤다.

"교육 재단도 설립하자, 한 사람이 매달 백 위안씩만 내도 1년이면 몇 만 위안이야. 다 함께 아이를 기르면 돼."

"딸이야, 아들이야?"

내 배를 부드럽게 문지르며 판판이 물었다.

"공주님. 내 느낌엔 그래."

"만약 왕자면 어떡해?"

"분명 공주일 거야, 엄마의 직감으로."

"그럼 공주님한테는 무슨 이름을 지어 줘야 하나?"

판판은 손바닥으로 턱을 받친 채 고개를 갸우뚱하며 생각에 잠겼다.

"황삼십오, 어때? 엄마랑 아빠가 서른다섯 명이니까."

지아치였다.

"야, 너무 이상해. 차라리 황둬둬(多多)가 낫겠다. 뭐가 그리 많으냐고 물으면 엄마아빠가 많아요! 라고 대답하면 되잖아."

우리 셋은 배꼽을 잡으며 까르르 웃었다.

판판과 지아치는 외할머니 집에서 하룻밤 자고 가기로 했다. 그날 밤 우리 셋은 야시장에 나온 먹거리들을 하나씩 전부 맛보았고 밤늦도록 수다를 떨다가 임산부는 밤을 새우면 안 된다는 외할머니의 말에 새벽 2시가 되어서야 잠자리에 들었다.

판판과 지아치가 다녀가고 그다음 주 토요일 오전 10시, 다시 벨이 울렸다.

현관문을 열어 주던 외할머니는 눈앞의 광경에 거의 기절할 뻔했다. 문 앞에 서른네 명의 학생들이 서 있었기 때문이다. 심지어 샤오카와 아통도 있었다. 외할머니 집 거실은 아이들로 꽉 들어찼고 호기심 어린 표정으로 이 광경을 지켜보던 옆집 샤오위안과 샤오완은 차마 비집고 들어오지 못했다.

"옆집 여자애 정말 마음에 들어, 이름이 뭐야? 나 좀 소개시켜 주면 안 돼?"

두 주먹을 불끈 쥔 샤오카가 나에게 물었다.

"꿈 깨시지, 걔가 얼마나 모범생인데. 너랑은 차원이 달라!"

공주님, 너도 외할머니처럼 놀라 자빠질 뻔했니? 너한테는 스무 명의 아빠와 열네 명의 엄마가 생겼단다. 그리고 나는 단순한 엄마가 아니라 공주마마의 유일한 모후가 되었지. -*

평소 학교에서는 별거 아닌 일에도 싸우고 심지어 주먹다짐까지 하면서 때로는 냉전을 벌이던 친구들이었다. 하지만 그런 친구들이 지금은 우정을 십분 발휘하여 내게 따스한 지지를 보내 주고 있었다. 이 친구들이 없었다면 미혼모가 걸어야 할 길이 얼마나 외로웠을까.

외할머니는 도시락을 주문해 뜻밖의 손님들을 대접했다. 옆집에서 의자를 몇 개 빌려 왔지만 그래도 자리가 부족해서 몇몇은 바닥에 앉아 점심을 먹어야 했다. 외할머니는 얼굴 가득 미소를 지으며 반 아이들을 향해 자주 놀러 오라는 말을 잊지 않았다.

공주야, 지금 이 기분을 너도 느꼈니? 친구들은 언제나 그곳에 있었어. 한 번도 내 곁을 떠나지 않고.

정말 행복한 하루였단다. –*

12 ··· 우연한 만남

아일랜드에 존과 마리라는 젊은 부부가 살았다. 결혼하고 몇 년이 지난 뒤, 이 부부는 자신들이 어머니는 다르지만 아버지가 같은 오누이란 사실을 알게 되었다. 부모가 헤어지면서 어머니가 존을 데려갔고 아버지는 새로 재혼해 딸을 낳았다. 그 딸이 바로 마리였다. 한 호텔에서 우연히 마주친 존과 마리는 금세 사랑에 빠졌다. 이 세상 많고 많은 사람들 중에서 왜 하필이면 두 사람이 만나 결혼까지 하게 됐을까? 그게 바로 우연이다. 성도 똑같고 이름도 똑같고 생년월일도 똑같은 두 사람이 차를 몰다가 길거리에서 마주치는 것, 그것이 바로 우연이다. 린다통이란 경찰관이 지명수배범을 잡고 보니 그 사람 이름이 린다통이었던 것, 그것이 바로 우연이다.

이 세상 수많은 이야기들이 우연을 통해 전개된다.

과연 우리는 인생에서 우연이란 것을 몇 번이나 맞닥뜨렸을까?

바로 오늘, 나는 그 우연을 만났다.

공주님, 오늘 백화점에서 쇼핑을 마치고 버스를 기다리다가 내가 누구를 만났는지 맞혀 볼래?

바로 네 아빠, 팡야오원이었어.

정말로 우연히.

너무나 기막힌 타이밍이라서 마치 영화의 한 장면 같았어.

원수는 외나무다리에서 만난다더니! ㅡ*

교복을 입은 팡야오원은 자전거에 앉아 신호를 기다리는 중이었고 그 옆에는 역시 자전거에 올라탄 또 다른 여학생이 있었다. 서로 웃으며 이야기를 나누는 두 사람은 꽤나 친밀한 사이 같았다. 팡야오원은 나를 보지 못했다. 하지만 지금 당장 자전거에서 팡야오원을 끌어내리지 않는다면 녹색 등이 켜지자마자 또다시 사라져 버릴 것이다. 교복을 입은 채 자전거를 타고 있다니, 이건 분명 팡야오원의 집이 여기서 멀지 않은 곳이라는 뜻인데. 나는 몇 초간 머뭇거렸지만 지금 이 상황은 필시 하늘의 뜻이라는 생각이 들었다. 내가 부풀어 오른 배를 내밀면서 살기등등한 표정으로 팡야오원 앞에 나타난다면 저 여학생은 무슨 생각을 할까? 장담하건대 여자를 농락하고 무참히 버린 망할 개자식이라 생각하겠지. 그런데 내가 그렇게까지 해야만 할까?

머릿속에서 미처 생각이 정리되기도 전에 내 몸이 그쪽으로 발걸음을 옮기고 있었다. 횡단보도에 녹색 등이 켜지고 나면 때를 놓쳐 버릴지도 몰랐다. 나는 자전거 앞으로 다가가 길을 가로막고 섰다.

팡야오원의 표정은 경악, 바로 경악 그 자체였다. 너무 놀라서 말문도 막힌 것 같았다.

우리는 그렇게 길 한가운데 선 채 서로를 노려보았다. 아무 말 없이.

그 여학생도 놀라긴 마찬가지였다. 나와 팡야오원을 번갈아 바라보며 이 상황에서 어떤 반응을 보여야 할지 모르겠다는 얼굴이었다.

"먼저 가. 나중에 전화할게."

"누군데?"

"팡야오원은 내 뱃속 아이의 아빠야."

이 낯선 도시에서 나에겐 별로 거리낄 것이 없었다.

놀라움에 입이 떡 벌어진 여학생은 순식간에 얼굴빛이 변했다.

"먼저 돌아가, 이따가 다 설명할게."

팡야오원은 이 상황을 무마하려 했다.

뱃속에서 공주님이 거세게 발길질을 했다. 과연 무슨 의미일까? 지금 내 행동에 찬성한다는 뜻일까? 아니면 그러지 말라는 뜻일까? 사정을 좀 봐주라고 말하고 싶은 걸까? 아니면 호락호락하게 굴지 말라고 나를 다그치는 걸까? 팡야오원을 원망하고 증오했던 시간들은 이미 지나간 과거였다. 요즘 들어 내 마음은 점점 더 확고해졌다. 과거에 어떤 일을 겪었든 앞으로 다가올 미래는 온전히 나와 공주만의 것이었고 지금 내 눈앞의 이 인간과는 아무런 상관도 없었다. 하지만 지금 이 순간만큼은 하늘이 내게 준 기회였다. 나는 이 기회를 붙잡아 팡야오원에게 똑똑히 보여주어야만 했다.

여학생은 팡야오원을 째려보더니 자전거의 페달을 밟았다. 그리고 얼마 가지 않아 이쪽을 다시 돌아보았다.

"지금 뭐하자는 거야?"

불편한 기색을 드러내며 팡야오원이 말했다.

"참 멀리도 도망갔네!"

"꼭 이렇게까지 할 필요는 없잖아!"

"이렇게까지 뭘?"

내 말에 팡야오원은 시선을 피하며 고개를 돌렸다.

"너희 집에 찾아갔었는데 아무도 없었어."

"시간 참 잘도 맞췄다. 고작 딱 한 번 찾아오고선 그렇게 말해도 된다고 생각하니? 그러고는 넌 도망쳤지. 집에 아무도 없었다고? 그럼 전화도 못 해? 아, 맞다, 넌 내 전화도 안 받았지!"

"……."

"이제 어쩔 계획이야?"

난 팡야오원의 텅 빈 눈동자를 바라보며 물었다. 예전엔 그토록 멋있다고 생각했던 팡야오원의 두 눈이 지금은 안절부절못하며 내 시선을 피하고 있었다.

"내 계획이 뭐가 중요한데…."

난 가만히 팡야오원을 응시했다. 만약 지금 팡야오원이 몸을 돌려 도망친다 해도 붙잡을 마음은 없었다. 내가 처한 상황이 나와 팡야오원 사이의 일이라고 생각했다면 당연히 이 인간에게 책임을 물어야 했다. 그럼 나는 분명 쓰라린 고통 속에서 다시 한 번 상처받겠지. 하지만 이젠 모든 것을 혼자 마주하는 데 익숙해졌고 나의 공주님을 팡야오원과 함께 공유할 생각은 추호도 없었다.

팡야오원이 나를 보았다. 그리고 나의 불룩한 배로 시선을 옮겼다.

"어디서 사는지 말해 주면 안 돼?"

"그건 알아서 뭐하려고?"

"나한테 책임지라는 말을 하고 싶은 거 아니야? 네가 어디 사는지도 모르는데 어떻게 책임을 지란 말이야?"

"어떻게 책임질 건데?"

"영양제도 사 주고, 옷도 사 주고, 돈도 보내 줄 수 있어."

"그다음엔?"

"……."

"지금은 그렇게 말하겠지. 그리고 아마 오늘 또 야반도주를 하겠지!"

"무슨 말을 그렇게 해."

"그럼 뭐라고 말해야 하는데? 멀리 도망치느라 가오슝까지 온 거 아니야? 아이가 태어나고 나면, 그다음엔 어쩌려고?"

"낙태할 수도 있었잖아? 왜 안 했어?"

"그게 말처럼 쉬운 줄 알아? 아이가 네 뱃속에 있었다면 나도 낙태에 찬성했을 거야."

"……."

지나가던 아주머니 한 명이 호기심 가득한 얼굴로 우리를 응시했다.

"빨리 말해! 사람들이 쳐다보잖아!"

내 말을 들은 아주머니는 어깨를 으쓱하더니 저쪽으로 사라졌다.

"부모님한테 물어보고…."

"집에 가서 엄마 젖이나 더 먹고 와."

나는 조금씩 화가 나기 시작했다.

"난 부모님한테 물어보지도 않고 혼자서 결정했어. 누가 아이의 아빠가 될지 말이야. 넌 아웃이야, 팡야오원. 똑똑히 들어. 넌 아-웃-이-라-고. 앞으로 네 아이는 다른 사람을 아빠로 부르게 될 거야. 그러니까 집에 돌아가서 혼자 기뻐해도 괜찮아. 지금 이 순간부터 나와 이 아이는 영-원-히- 너랑 안녕이니까."

정말 유치하지? 화가 난다고 이렇게 바보 같은 말을 하다니! -*

예전에 이런 상상을 해 보았다. 만약 길을 가다 우연히 팡야오원을 만나게 되면 나는 어떻게 행동해야 할까? 난 평정심을 유지하며 이렇게 말하려고 했었다. 어쨌든 이런 상황이 돼 버렸으니 받아들이라고. 그리고 우리 두 사람은 계속 친구로 지내자고. 그럼 나중에 공주님이 친아빠를 만나고 싶어 해도 일이 좀 수월하지 않겠느냐고. 생각으론 쉬워 보였지만 막상 현실이 되고 나니 전혀 그렇지 않았다. 아마 시간이 한참 흐른 뒤였다면 그렇게 말했을지도 모르겠다. 하지만 지금은 너무도 화가 치밀어서 그저 팡야오원이 난감하고 당황한 상태로 양심의 가책을 느끼며 어쩔 줄 몰라 하는 모습이 보고 싶었다.

그때 내가 탈 버스가 도착했다.

"한 가지만 기억해. 나중에 네가 결혼해서 아이를 낳는다면 절대 황씨 성을 가진 사람이랑은 결혼 못 하게 해 줬으면 좋겠어. 골치 아픈 연상연하 커플을 만들고 싶진 않으니까. 이 한 가지만 기억한다면 네가 날 크게 도와주는 셈 쳐줄게."

난 이렇게 내뱉은 다음 버스에 올랐다. 그리고 버스가 출발하자마자 뒤를 돌아보았다. 팡야오원이 자전거를 타고 뒤쫓아 와서 내가 사는 곳을 알아낼지도 몰랐으니까. 혹시라도 그런 위험한 일이 생기는 건 원하지 않았다. 드라마에서 보면 항상 그런 일이 벌어졌다. 상대방의 집안에선 오로지 아이만 원했지 아이 엄마는 안중에도 없다. 절대로 공주를 잃게 되는 상황을 만들고 싶진 않았다. 하지만 나의 우려와는 달리 팡야오원은 꼼짝도 하지 않은 채 그 자리에 가만히 서 있었다.

집으로 돌아와 아이의 아빠를 만났다고 말하자 외할머니는 무척 놀란 얼굴로 물었다.

"집 주소를 알려 줬니?"

"아니, 혹시라도 우리 집에 들이닥쳐서 아이를 빼앗아 가면 어쩌나 그런 생각이 들어서."

"충분히 그럴 수 있지."

외할머니가 대답했다.

"참으로 이상하구나. 아빠가 없으면 아이에게 아빠가 없다는 사실을 걱정해야 하고, 아빠가 있으면 행여 나중에 아이를 빼앗기진 않을까 걱정해야 하고. 그냥 혼자 키우는 편이 제일 간단하겠어!"

"할머니, 벌써 잊었어? 우리 공주는 스무 명의 아빠와 열네 명의 엄마가 있잖아. 모후도 한 명 있고."

"맞네! 그럼 이 할머니는?"

"황태후 할머니지."

공주님, 남자가 어떤 종류의 인간인지 알 기회는 앞으로 충분히 있단다. 네 곁엔 스무 명의 아빠와 콧구멍 삼촌 그리고 외할아버지가 함께할 테니까.

언젠가 이런 상상을 해 보았어. 독자였던 팡야오원이 불의의 사고를 당해 아이를 낳을 수 없게 되고 대를 잇지 못하자 그 집에서 문득 나를 떠올린 거야. 어딘가에 존재하는 자신들의 혈육이 유일한 희망이라는 사실을 알고 뻔뻔하게도 우리 집 대문을 두드리지. 그리고 문 앞에서 무릎을 꿇은 채 나를 향해 용서를 빌기 시작해. 부디 공주를 그 집으로 보내 달라고, 자신들의 가문을 이어 갈 수 있게 해 달라고 말이야. 그다음은? 내가 큰 소리로 이렇게 외치는 거야. 어림없는 소리! 그러고 나서 쾅, 문이 닫히고 말지. 사랑하는 공주님, 이런 상상을 할 때면 기분이 훨씬 나아진단다. 몹시 익숙한 줄거리 아니니! 저녁 드라마에서 흔히 보는 내용이니까. －*

이런 일을 겪고서도 과연 나와 팡야오원 사이에 어떤 감정이 남아 있을까? 아니다, 우리 사이엔 단 한 가닥의 감정도 존재하지 않았다. 일말의 책임감도 없는 겁쟁이이자 골치 아픈 일을 전부 여자한테 떠맡기고 혼자 도망쳐 숨어 버린 나약한 인간은 사랑할 가치조차 없다.

13 … 엄마의 꿈

"할머니, 엄마는 어떤 사람이었어?"

외할머니와 거실에서 티브이를 보던 중이었다. 무심코 고개를 돌렸는데 외할머니 모습이 사진 속 엄마와 많이 닮았다는 생각이 들었다.

그러자 외할머니는 돋보기를 벗으며 낮은 한숨을 내쉬었다.

"지지리 복도 없지! 서른두 살 창창한 나이에 그렇게 떠나다니. 네 엄마는 걸핏하면 엉뚱한 짓을 했더랬다. 결혼하기 전의 일이었는데, 아 글쎄, 1층 가게에서 자명종을 팔겠다며 모든 시계의 알람을 매일 오전 11시에 맞춰 놓지 않았겠니. 그래서 그 시간만 되면 사람들을 기겁하게 만들었지."

"자명종을 팔기 위해 사람들을 놀라게 했다고?"

"그래, 그러니 얼마나 엉뚱하니. 자기 말로는 그래야 차별화가 된다나."

"사람들이 엄청 뭐라고 했을 텐데?"

“그런 생각은 하지도 않던걸. 그저 재미있어 죽겠다는 얼굴로 말이야. 그리고 네가 태어나자 이름을 황호박으로 지어야겠다고 하더구나. 물론 네 아빠가 반대했지. 나중에 커서 분명 이름 때문에 놀림 받을 거라고. 네 엄마는 몹시 실망했지만 결국 남편의 뜻을 따랐어. 네 아빠는 그토록 보수적인 사람인데 어떻게 같이 살았나 몰라.”

황호박, 꽤 괜찮은 이름인데. 닉네임으로는 황오이나 황수박이 어떨까. 공주님, 나한테는 이미 기회가 없지만 너한테 물려줄게. 황호박, 네 생각은 어떠니? -*

“네가 아이를 낳겠다고 결정했다는 사실을 알게 되었을 때 난 이 거실에 앉아 정신 나간 사람처럼 반나절을 비실비실 웃었단다. 과연 그 엄마의 그 딸이구나, 하면서 말이다. 만약 네 엄마한테 그런 일이 생겼다면 아이를 낳는 건 물론이거니와 배를 불룩 내민 채 학교에도 갔을 테니까. 내 딸이지만 진짜로 종잡을 수 없는 아이였어.”

공주님, 엄마에 대한 이야기를 처음으로 들었어. 우리 엄마, 그러니까 네 외할머니는 그렇게나 특이한 분이셨구나. -*

“이 집은 네 외할아버지가 남기고 간 건데, 네 엄마는 1층 가게를 어찌해 볼까 궁리를 많이 했었지. 그러더니 나중에 만두 가게를 열겠다고 하더구나. 그냥 만두가 아니라 사람 머리통만큼 커다란 만두를 하루에 딱

20개만 한정판매 하겠다는 거야. 사람들 사이에서 난리 법석이 날 거라나 뭐라나."

"사람 머리통만큼 커다란 만두를 누가 먹는다고?"

"내 말이!"

어느덧 외할머니의 눈시울이 붉어졌다.

"그래도 만두 하나를 온 식구가 함께 먹을 수 있다는 건 꽤 참신한 생각이야."

"네 엄마한텐 좋은 아이디어가 참 많았는데 그중 어느 것 하나 제대로 해 보질 못했어. 그때 내가 사람 머리통만 한 만두 빚는 걸 도와줬어야 했는데…."

외할머니는 결국 흐르는 눈물을 옷자락으로 닦아 냈다.

"결혼한 뒤로는 일하느라 바빴고 네가 태어난 다음엔 더욱 정신이 없어졌지. 너는 돌보기가 꽤나 까다로운 아이였으니까. 그렇게 이리 치이고 저리 치이다 보니 네 엄마의 엉뚱한 상상력도 점점 사라져 버리더구나."

사랑하는 공주님, 만약 우리 엄마 그러니까 네 외할머니가 지금까지 살아 계셨더라면 분명 우리의 삶도 지금보다 훨씬 흥미로웠을 거야. －*

"할머니, 우리가 진짜로 해 보면 안 돼? 사람 머리통보다 더 큰 만두를 만들어 보자."

내 제안에 외할머니는 빙그레 웃으며 대답했다.

"문제는 그걸 쪄 낼 만큼 커다란 찜통이 없다는 거야!"

그러다가 갑자기 무언가 생각났다는 듯 외할머니가 몸을 곧게 세우면서 진지한 표정으로 이렇게 말했다.

"만약 찜통 하나에 만두를 딱 한 개만 쪄 낸다면 만들 수도 있겠구나."

"그럼 공주님이 태어나고 만 한 달이 되면 그때 만들자."

사람 머리통보다 커다란 만두라니, 너무 기대돼. -*

"그래, 만들어 보자꾸나. 만두소는 무엇으로 할까?"

"엄마라면 뭘 넣었을까? 내가 맞혀 볼게! 분명 참깨나 토란, 팥, 돼지고기처럼 평범한 내용물은 아니었을 거야."

"맞다, 네 엄마 머릿속은 보통 사람들과는 달랐으니까."

"타이완 전국을 샅샅이 뒤져도 절대 찾을 수 없는 커다란 만두를 만들자. 다섯 개를 만들어서 그 안에 만두소를 각각 다르게 넣어야 해. 직접 먹어 보기 전에는 뭐가 들었는지 모르게 말이야. 그래야 사람들이 먹기 전부터 엄청 기대를 할 테니까."

"네 엄마가 살아 있다면 얼마나 좋았을까."

외할머니는 또다시 울음을 터뜨리고 말았다.

그리고 어느새 내 뺨으로도 주르륵 눈물이 흘러내렸다.

사랑하는 공주님, 엄마가 정말 보고 싶어.

나와 공주님 그리고 커다란 만두와 비밀의 만두소 덕분에 이미 잊었다고 생각했던 엄마의 모습이 다시금 떠올랐어. 만두를 빚을 그날이 되면 외할머니의 마음도 지금보다 조금은 나아지지 않을까. -*

나와 외할머니는 커다란 만두와 관련된 모든 사항을 일단 비밀에 부치기로 했다. 혹시라도 발 빠른 누군가가 우리의 아이디어를 훔쳐 갈지도 모르니까. 하지만 샤오위안만큼은 믿을 수 있었다.

공주님, 오해하진 마. 절대로 내가 샤오위안과 사랑에 빠진 건 아니야. 그 아이에 대한 감정은 내가 판판을 좋아하는 것과 같아. 그러니까 이건 우정이지 결코 사랑이 아니야. -*

"비밀 지킨다고 맹세해, 절대로 다른 사람들한테 말 안 한다고. 부모님이나 샤오완한테도."

"맹세해. 절대 말 안 할게. 엄마나 아빠 그리고 샤오완한테도."

"할머니랑 내가 지금 만두 속에 어떤 재료를 넣을지 고민 중이거든. 사람들이 깜짝 놀라서 기절초풍할 만한 그런 만두소가 필요해."

"음, 지금껏 한 번도 보지 못한 재료이면서도 먹을 수 있어야 하니까… 생각을 좀 해 봐야겠는데."

샤오위안은 아주 진지한 얼굴로 생각에 잠겼다.

"감자튀김은 어때? 아니다, 쪄 내고 나면 바삭거리지 않을 테니 맛이 없겠다. 그럼… 만두 속에 만두를 넣는 건 어때? 러시아 인형처럼 말이야. 만두 속에 또 다른 만두를 집어넣는 거지. 각각의 만두 겉 부분을 참깨나 팥, 토란, 혹은 치즈 같은 재료로 감싸서."

"굿 아이디어야! 루샤오위안, 넌 정말 천재야!"

나는 몹시 흥분해서 큰 소리로 외쳤다.

그러자 샤오위안은 기세등등한 표정으로 턱을 치켜들며 씩 웃었다.

"내가 그랬잖아. 내 말은 언제나 유효하다고. 저번에 아이의 아빠가 되어 준다는 말도 아직 유효해."

공주님, 솔직히 말할게. 만약 네 아빠가 루샤오위안이라면 정말로 괜찮을 것 같아! - *

하늘에 계신 사랑하는 엄마,
나랑 외할머니가 엄마의 바람을 실현시키기로 했어.
우린 사람 머리통보다 훨씬 큰 만두를 만들 예정이야. 이건 절대로
보통 만두가 아니고 만두소를 본 사람들이 깜짝 놀라 기절초풍할 만큼
특별한 만두야. 몹시 만들기 어려울 뿐만 아니라 그 재료는 오직 나랑
외할머니 그리고 옆집 남학생 루샤오위안만 알고 있어.
과연 엄마도 우리가 만든 만두를 좋아해 줄지 궁금해.

＊사랑하는 엄마, 엄마가 좋아하는 만두 속 재료를 골라 주세요.
(중복 선택 가능)

□ 커다란 만두 속에 중간 크기의 만두, 중간 크기의 만두 속에 작은 만두, 작은 만두 속에 아주 작은 만두. 각각의 만두 겉은 참깨, 팥, 토란, 치즈 등으로 감싼다(마치 러시아 인형처럼).

□ 찹쌀떡

□ 감자튀김

□ 아이스크림

□ 연근

□ 처우더우푸

□ 전부 다 싫어함

□ 전부 다 좋아해서 몹시 고민됨

□ 기타 ____________________

14 … 우리만의 책 만들기

사랑하는 공주님, 오늘도 안녕?

아얏, 맙소사! 넌 정말이지 너무 심하게 꿈틀거려! 방금 기지개 켜면서 텀블링까지 한 거니? 나도 제발 조용히 잠 좀 자자. 바깥세상에 밤이 찾아오면 너도 알아서 잠을 자야지! 공주님, 제발 부탁인데 노는 데만 집중하지 말고 잠 좀 자자! −*

어젯밤엔 다리에 두 번이나 쥐가 났는데 어찌나 아프던지 그만 울고 말았다. 임신의 모든 과정은 정말로 고생스럽다. 바라건대 시간이 좀 더 빠른 속도로 흘러가서 하루라도 빨리 공주마마를 만나면 좋겠다. 그럼 최소한 다리에 쥐가 나는 일은 없이 늘어지게 잘 수 있을 테니까.

계절은 벌써 늦겨울로 접어들었고 날씨가 추워질수록 내 배는 점점 더 커져 갔다. 이제는 외투의 지퍼를 아예 잠그지도 못하는 지경이라 나는 엄마의 옷장에 걸려 있던 털옷을 입고 다녔다.

오늘은 병원으로 검진을 다녀왔는데 모든 게 지극히 정상이며 공주는 아주 활기차고 건강한 아기인 것 같다는 얘기를 들었다. 의사 선생님 말에 따르면 이제 양수를 들이켜고 내뱉으면서 호흡을 연습한다고 했다.

가끔은 걱정이 됐다. 공주가 어떻게 양수 안에서 호흡을 할까? 아가미가 달린 물고기도 아닌데. 혹시 사레들리진 않을까? 어쩜, 그러고 보니 엄마라는 사람이 너무 무식하네. 그래서 오늘은 도서관에 간 김에 책을 좀 찾아보았다. 원래 양수라는 건 태아를 보호하는 완충재 역할을 하는데 만약 내가 넘어지거나 혹은 책상 모서리에 부딪히면 양수가 아이를 보호해 준다고 한다. 그러니까 공주가 사는 곳은 호화로울 뿐만 아니라 안전하기 그지없는 수중 궁전이고, 공주는 물의 공주님인 셈이다. 비록 직접 호흡은 아직 못 하고 양수로 호흡 운동을 하는 정도지만 말이다. 티브이에서 의사가 태아를 끄집어낸 다음 엉덩이를 찰싹 때려 아기를 울리는 장면을 자주 보았는데, 아기가 울음을 터뜨리는 바로 그 순간이 세상의 공기를 들이마시는 첫 호흡이었던 거다.

오전에 같은 반 친구들 열 명이 우리 집에 찾아왔다.

나중에 알았는데 반 아이들이 열 명씩 순서를 정해서 매주 월요일마다 나를 보러 오기로 했다고 한다. 미래의 아빠와 엄마로서 책임을 다하기 위해서 말이다.

하지만 샤오카는 매주 왔다.

"너는 나를 보러 왔어, 아님 샤오완을 보러 왔어?"

장담하건대 샤오카는 샤오완을 보러 오는 게 확실했다.

“어떻게 내 진심을 그렇게 몰라주냐? 나는 이 아이의 20번 아빠라고! 당연히 우리 공주마마를 알현하러 와야지.”

샤오카는 내 배를 쓰다듬으며 대답했다.

“물론 그 김에 샤오완도 보고.”

“쳇, 거봐, 누가 모를 줄 알고.”

“너무 그러지 마! 똑똑한 여학생은 매력이 넘치는 법이잖아.”

얼마 전에 나는 샤오완에게 이 사실을 얘기했다.

“우리 반 샤오카라는 남학생이 너한테 반했대! 나 때문에 그 먼 데서 가오슝까지 온다는 말은 순전히 핑계고 실은 널 만나러 오는 거야.”

내 말에 샤오완은 큰 소리를 내며 호탕하게 웃었다. 쌍둥이였지만 샤오위안과 샤오완의 성격은 완전히 달랐다.

“그 나이 때 남학생들은 전부 다 멍청이야.”

그 말에 나도 같이 웃음이 터졌다. 하지만 한편으론 마음 한구석이 좀 찔렸다. 비록 남자는 아니었지만 나 역시 그런 멍청이 중의 하나였으니까.

“하지만 샤오위안은 안 그래!”

난 힘주어 말했다.

“샤오위안도 마찬가지야. 걔는 네 아이의 아빠가 될 생각을 한다고.”

“그거야 농담이지.”

“진짜야. 게다가 우리 엄마아빠는 한술 더 떠서 너만 동의한다면 반대하지 않겠대.”

정말 독특한 부모님이다. 어느 날 갑자기 콧구멍이 아빠가 되겠다고 한다면 우리 아빤 뒷목 잡고 쓰러질 텐데.

다른 친구들은 저녁이 되면 돌아갔지만 판판과 지아치는 우리 집에서 자고 갔다.

일요일 오전, 우리 셋은 도서관에 가서 그림책을 잔뜩 쌓아 놓고 돌아가면서 공주님에게 읽어 주었다.

사랑하는 공주님, 요 몇 달간 우리가 함께 읽은 책이 아마 천 권은 될 거야. 네가 태어나면 다시 읽어 줄게.

오늘 읽었던 책 중에 어떤 내용이 제일 마음에 드니? 나는 엄마토끼와 아기토끼가 나오는 책이 제일 좋아. 두 마리 토끼는 누가 더 상대를 사랑하는지에 대해 얘기한단다. 물론 난 엄마토끼의 사랑이 아기토끼의 사랑보다 영원히 깊고 진하다에 한 표. -*

갑자기 '판판 엄마'가 이런 말을 했다. 아, 판판은 자신을 이모가 아닌 엄마로 불러 달라고 했다.

"우리가 직접 공주님한테 그림책을 만들어 주자."

"그림책을 만든다고? 어떻게?"

그리 어려울 것 같진 않았다.

판판은 그림이 영 형편없는 책을 한 권 집어 들며 이렇게 말했다.

"이 책 봐 봐, 아무렇게나 대충 그린 것 같은데 책으로 만들어 놓으니까 그럴싸해 보이잖아!"

"그래, 한번 해 보자. 근데 뭘 그리지?"

나는 금방이라도 터질 듯 부풀어 오른 배를 쓰다듬으며 잠시 생각에 잠겼다.

"병아리가 알을 품는 거야, 모두가 안 된다고 했지만 결국엔 부화에 성공해. 어때?"

"하지만 병아리는 아직 새낀데 어떻게 알을 낳을 수 있겠어?"

판판의 말이었다.

"주웠다고 하면 안 될까?"

"아니면 다른 암탉이 낳다가 실수로 떨어뜨린 알을 병아리가 주웠다고 하면? 그래서 병아리가 그 알을 돌보기로 결심한 거지."

이번엔 지아치였다.

"말이 안 돼. 그랬으면 암탉이 분명 알을 찾으러 왔겠지."

판판이 다시 반박했다.

"그런가? 그럼 다시 생각 좀 해 보자."

일단 우리는 이야기를 좀 더 나누면서 내용을 다듬기로 결론 내렸다.

공주야, 문득 이런 생각이 들었어. 우리의 이야기를 담은 그림책을 만들어 보면 어떨까 하는. 아마도 네가 태어나면 오직 너만을 위한 그림책이 준비되어 있을지도 모른단다. -*

우리 셋은 가까운 서점으로 가서 도화지 한 묶음과 크레용과 색연필을 샀다.

그리고 내키는 대로 무엇이든 마구 그리기 시작했다.

비록 그림 실력은 형편없었지만 시작은 괜찮았다.

병아리 여섯 마리가 산책을 나왔어요.

그런데 갑자기, 큼지막한 알 하나가 풀밭에 나타났어요.

병아리들은 직접 알을 부화시키기로 했어요.

모두 함께 알을 돌보았죠.

병아리들은 점점 자라났고, 알도 마침내 부화했어요!

병아리가 물었어요. "얜 누구야? 오리 아니야?"

15 … 곧 만나자, 공주님

공주님, 오늘도 안녕?

정말 대단해! 네가 이미 39주를 채우고 이렇게 커졌다니! 네 머리카락은 벌써 2센티미터나 자랐고 모든 신체 기관도 완전히 성장했단다. 네가 사는 호화 궁전은 농구공만큼 부풀어 올랐는데 아마도 더 이상 커지진 않을 거야. 왜냐하면 이제 넌 아무 때나 호화 궁전을 떠날 수 있게 됐거든.

하지만 나는 몹시 힘들어졌어. 양쪽 발은 코끼리 다리처럼 퉁퉁 부었고 이젠 숨 쉬는 것마저 힘들어. 베개를 두 개나 받치고 반쯤 누운 자세로만 겨우 잠을 잘 수 있고 하루 종일 화장실을 들락거리며 소변을 봐도 시원한 느낌이 들지 않아. 아예 화장실에서 사는 편이 더 나을 것 같아.

아, 그리고 란마마가 내 출산을 도와주기 위해 지금 외할머니 집에 와 계신단다.

정말이지 너무 긴장되고 무서워! 아이를 낳는 일은 진짜 진짜 진짜 아프다고 하던데. 하지만 이왕 이렇게 된 이상, 어떤 고통이든 받아들여야겠지.

요 며칠 내내 외할머니는 이런 말씀을 하셨어. 엄마가 되고 나면 뭐든 하고 싶은 대로 하면서 살 수 없다고 말이야. 항상 아이를 먼저 생각해야 한다고. 물론 내가 학교에 가 있는 동안은 외할머니가 너를 돌봐 준다고 하셨지만 혹시라도 방학이라고 해서 아이를 내팽개치고 나가 놀 생각은 아예 하지도 말라고 하셨어. 이제부터 오롯이 나를 위해 쓸 수 있는 시간은 전혀 없어. 내 시간의 절반, 아니 그것보다 훨씬 더 많은 시간을 너를 위해 써야겠지. 공주님, 이런저런 생각들을 하면 나도 뭘 어찌해야 좋을지 모르겠어. 너로 인해 이제부터 나의 삶에는 엄청난 변화가 찾아올 거야. 뭐든 내 맘대로 할 수도 없고 아마 외출도 마음껏 못 하겠지. 우리 두 사람의 몸은 앞으로 영원히 한 가닥 실에 묶인 채 나는 이쪽 편에서, 너는 저쪽 편에서 서로를 붙잡고 있을 테니까. 마치 연을 날릴 때처럼 말이야. 언젠가 네가 진짜로 다 크면 그땐 내가 이쪽 끈을 놓아 줄게. 물론 이런 얘기를 하기에 지금은 너무 이르지만!

외할머니가 허락만 한다면 나는 계속 가오슝에서 살 생각이야. 다시 학교에 가게 되면 낮엔 외할머니가 너를 봐주실 테고 저녁에는 숙제를 하면서 내가 너를 돌봐야겠지. 방학 때는 아르바이트를 할 생각이야. 시장의 노점에는 일자리가 많거든.

사랑하는 공주님, 너한테 해 줄 얘기가 있어. 원래는 숨기려고 했는데 이틀이나 곰곰이 생각한 끝에 결국 말하기로 결심했단다. 뱃속의 호화 궁전에 있는 네가 아무 말도 하지 못한다고 해서 저 의심스러운 흔들의자를 내 맘대로 버릴 수는 없으니까. −*

그저께 아침, 무심코 현관문을 열던 외할머니가 무언가를 발견했다. 아주 멋진 흔들 목마가 현관 앞에 놓여 있었다.

"이상하네, 누가 우리 집 앞에 이런 걸 놓고 갔을까?"

목마를 보자마자 단번에 알 수 있었다. 팡야오원이 내 주소를 알아내기란 식은 죽 먹기였을 거다. 공주에겐 스무 명의 아빠와 열네 명의 엄마가 있으니 그중 누구 한 명쯤은 좋은 의도로 내가 사는 곳을 알려 줬을지 모른다.

단지 목마뿐, 메모 한 장 없었다.

진짜로 말 모양의 흔들의자였다. 양쪽 귀엔 손잡이가 달렸고 목마가 흔들릴 때마다 목에 매어 놓은 두 개의 방울에서 맑은 종소리가 울려 퍼졌다. 비록 지금은 2층 다용도실에 처박혀 있지만 그 흔들의자는 당장 가게에 내다 팔아도 될 만큼 충분히 훌륭했다. 나는 팡야오원이 도대체 무슨 의도로 저 흔들의자를 보냈는지 도통 알 수가 없었다. 자신이 보냈다는 사실을 증명할 만한 아무런 표시도 없었고 단서가 될 만한 무언가를 의자에 새겨 넣지도 않았다. 그래서 난 저 흔들의자를 그냥 보통의 물건으로 생각하기로 했다. 공주님에게도 저 의자를 아빠가 만들었을지도 모른다는 사실을 밝히지 않기로 했다.

만약에, 정말 아주 만약에, 흔들의자가 또다시 나타난다면 몰라도.

두 번째 흔들의자가 나타날지 누가 알겠어. 앞으로의 일은 아무도 모르잖아?

"왜 공주야? 왕자가 아니고?"

샤오위안과 샤오완이 물었다. 두 사람은 내가 곧 아이를 낳을 것 같다는 말을 전해 듣고선 집으로 찾아왔다.

"그냥 그렇게 느껴져. 엄마의 예감은 대체로 정확하거든."

"그렇구나! 그런데 만약에 왕자면 어떡하지?"

샤오완은 답이 정해진 질문을 굳이 또 했다.

"공주가 틀림없어."

"어떻게 그렇게 확신해, 내가 만약이라고 했잖아."

"만약은 없어. 그냥 공주야."

"만약 왕자가 태어난다면 그 애는 너무 불쌍하겠다. 네가 바라던 아이가 아니라서."

"공주인지 왕자인지는 중요하지 않아, 단지 호칭일 뿐이니까. 그보다 더 중요한 건 이 아이가 태어난 뒤에 마치 공주나 왕자처럼 귀하게 애지중지 키워질 거란 사실이라고."

샤오위안의 설명이었다.

바로 그거다! 공주든 왕자든 어쨌든 나의 아이다. 그리고 나는 그 아이를 사랑할 것이다.

만약 네가 왕자라면 곧바로 콧구멍 삼촌에게 너를 맡길 예정이야. 콧구멍 삼촌더러 신기한 마술을 많이 배워서 나중에 너한테 전수해 주라고 할게. 그런데 만의 하나, 진짜 진짜 만의 하나, 네가 공주이면서 동시에 왕자라면, 그러니까 몸은 왕자인데 공주의 영혼을 가졌다면, 혹은 분명 공주가 맞는데 왕자로 변하고 싶다면 어떻게 해야 할까? 그건 정말이지 골치 아픈 문제인데! 한 인간에게 있어 만약이라는 가능성은 수없이 많아, 물론 어디까지나 만약이긴 하지만 말이야. 학교에서 나도 보았어, 여학생을 좋아하는 여학생, 남학생을 좋아하는 남학생.

그 아이들은 사회의 보편적인 기준과는 거리가 좀 있지만, 원래 인생이라는 게 옳고 그름보단 의견 관철의 문제일 때가 많아. 네가 설득력 있는 논점을 제시할 수만 있다면 네 생각이 옳은 셈이 되는 거지. 그나저나 우리네 인생에서 절대적인 옳고 그름이 얼마나 될까? 레몬도 씨가 없는 레몬으로 개종되는 마당인데.

혹시라도 네가 레몬 나무에서 어떻게 씨 없는 레몬이 열리는지 묻는다면 그건 나도 몰라. 나중에 네가 커서 흥미가 생기면 한번 연구해 보렴!

하핫, 공주님, 지금 내가 한 얘기들은 이를테면 예방 주사 같은 거란다. 그러니까 나 스스로 만약을 대비해서 예방 주사를 맞은 거야. 걱정하지 마, 나중에 네가 어떤 모습으로 성장하든 너는 여전히 나의 공주님 혹은 왕자님일 테니. 네가 어떤 사람이든지 간에 나는 영원히 너의 모후라는 사실만 기억해 주면 돼. -*

그래! 너무 깊게 생각하지 말자.

어쩌면 오늘, 어쩌면 내일, 어쩌면 모레, 나는 공주님을 알현하게 될 테니까.

나는 이미 준비가 됐어.

사랑하는 공주님, 준비됐니?

세상이 너를 기다리고 있단다.

그리고 비밀스런 재료로 속을 채운 커다란 만두도!

공주님, 너한테 이름을 지어 주고 싶어. 루샤오위안과 루샤오완은 정말 재미있는 이름이야(각각 '길이 멀다', '길이 구불구불하다'는 뜻을 가지고 있음). 두 사람에게서 영감을 받아 나도 몇 개 생각해 둔 이름이 있단다. 단언컨대 세상에 단 하나뿐인 이름으로. 네가 나중에 커서 이상한 이름을 지어 줬다고 불평할까 봐 네 이름은 네가 직접 고르게 할 생각이야. 어쨌든 이름일 뿐이니까! 그저 부르기 쉽고 기억하기 쉬우면 그만이니까. –*

* 사랑하는 공주님, 다음 중 가장 마음에 드는 이름은 무엇입니까?
선택해 주세요. (중복 선택 불가)

□ 황호박(네 외할머니가 지으신 이름이야. 원래는 내 이름이 될 뻔했는데 외할머니를 생각하며 네가 사용해도 돼.)

□ 황소

□ 황오이

□ 황팥

□ 황관(=왕관)

□ 황둬둬

□ 황금

□ 전부 해당사항 없음

□ 전부 마음에 들어 결정할 수 없음

□ 기타 ______________________

* 태어나서 지금까지, 당신의 삶에서 생략하고 싶을 만큼 난처했고, 쪽팔렸고, 망신스러웠고, 혹은 아무런 변명도 통하지 않을 만큼 심한 오해를 샀던 사건이 있나요? 다음 중 그때의 심정과 가장 가까운 예시를 골라 주세요.
(최대 3개까지 중복 선택 가능)

□ 생략해야 하는 일이란 없다. 그 어떤 문제라도 방법은 있기 마련이다.

□ 내가 그런 일을 겪은 건 모두 하늘의 뜻이다. 지나고 보면 그 일들이 매우 귀중하고 값진 성장 호르몬이었다는 사실을 알게 될 것이다.

□ 대충 받아들였다.

□ 생략하고 싶은 일이란 없다. 갑자기 당한 일에 비록 상처투성이가 된다 해도 언젠가는 모두 회복될 것이다.

□ 너무 멍청한 질문이다. 이미 일어난 일을 어떻게 생략하나.

□ 괴로움도, 환희도, 비통함도, 질투도, 분노도, 양심의 가책도, 자책도, 모두 지나가기 마련이다. 인간에게 발생한 온갖 종류의 감정은 전부 지나가게 되어 있다. 그러니 당시의 감정에 너무 오랫동안 젖어 있을 필요는 없다. 한시라도 빨리 새롭게 출발하는 편이 낫다.

□ 혹시라도 삶의 한 부분을 생략하고 싶은지 묻는 거라면, 당연히 아니다. 사람은 아픔을 겪고 난 뒤에야 비로소 깨달음을 얻는다. 호되게 당해 봐야 나중에 조심할 수 있다.

□ 위의 보기 모두

□ 해당사항 없음

□ 기타 ______________________

… 궁전에는 따스하고 안락한 아기 침대가 있답니다.

장유위 선생님, 이 책을 쓰게 된 특별한 계기가 있으신가요?
다음에서 해당되는 보기를 골라 주세요. (중복 선택 가능)

☑ 왜 이 책을 썼느냐고 묻는 건가요? 물론 그 출발점은 이 사회와 국가, 더 나아가 이 세상과 우주에 관심이 많기 때문이죠! 이 우주에 얼마나 많은 황이팡이 존재하는지 그리고 그들이 어디서 어떻게 지내고 있는지 저는 모릅니다. 그저 알려 주고 싶었어요. 그들에게 관심을 갖고, 필요하다면 손을 내밀어 줄 누군가가 존재한다는 사실을요. 그걸 알려 줄 수 있는 유일한 방법이 바로 이 책이었죠.

☑ 여학생이 화장실에서 아이를 낳았다는 뉴스가 보도되고 아이를 낳고 어찌할 바를 몰랐던 여학생이 아이를 창밖으로 던졌다는 얘기도 들었어요. 매년 2만 5천 명의 아기가 태어나지도 못하고 궁전에서 쫓겨나죠. 어떻게 하면 이런 일들을 줄일 수 있을까요? 아마도 이 책이 하나의 방법이 될지도 몰라요.

☑ 마법과 같은 책을 쓰고 싶어요. 펼치기만 하면 세상의 모든 여학생들이 좀 더 똑똑해지는 책을요. 그래서 그 책을 본 여학생들이 세상 무엇보다도 자기 자신을 조금 더 사랑했으면 좋겠어요. 우주의 모든 여학생들이 이 책을 산다면… 하하핫, 제 마법이 효과가 있을 텐데 말이에요.

☑ 첫 월경이 시작되면 이미 어른이 되었다는 뜻이에요. 매달 궁전 안에 따스하고 안락한 아기 침대가 생겨 언제든지 왕자마마 혹은 공주마마를 맞이할 수 있죠. 일정한 시간이 지나도 마마님이 도착하지 않으면 침대는 저절로 없어져요. 한 달에 한 번, 침대가 헐리면서 자궁 내벽의 모세혈관이 파열되고 며칠에 걸쳐 아기 침대의 폐기물이 깨끗이 내보내지는 과정이 바로 월경이죠. 그러고 나면 곧이어 또 다른 아기 침대가 만들어지기 시작해요. 건망증도 심한 데다가 도무지 어디로 튈지 모르는 여학생들에게 이 책을 통해 일깨워 주고 싶었어요. 애정과 호기심이 함께 찾아온다면, 자각해야만 해요. 자신의 몸은 이미 준비가 됐다는 사실을요.

☑ 만약에 선택을 했다면 그리고 그 선택이 황이팡의 선택과는 다르다면, 다시 말해 아기를 세상에 내보내지 않겠다고 결정했다면 부디 그것이 오랜 시간을 두고 충분히 고려한 결정이길 바랍니다. 최선이라고 생각되면 그 선택을 따라야겠죠. 어느 쪽을 선택하더라도 유감스러운 일이며 고통이 따르겠지만 선택 후에는 자신의 하루하루에 최선을 다하며 삶의 전환점을 위해 좀 더 아름다운 나날들을 만들어 가길 바랍니다.

☑ 어서 빨리 인세 받는 책을 써야겠어요. 그래야 서점에서 구입한 책들을 거실 소파에 파묻혀 읽을 수 있을 테니까요. 예전에 도서관에 갔는데, 어떤 사람이 화장실에서 나오더니 씻지도 않은 손으로 서가에 꽂힌 책들을 마구 만지는 거예요. 맙소사! 너무 충격적이어서 그 뒤론 도서관에서 책을 빌릴 엄두가 안 나요. 앗, 뭐라고요? 주제에서 벗어났다고요? 네, 어쨌든 화장실에서 나오면 손을 씻자고요!

☑ 어느 날, 승강장에서 열차를 기다리는 중이었는데 사람들은 전부 고개를 숙인 채 휴대폰 화면만 넘기더라고요. 열차 안에서도 고개를 꼿꼿이 들고 자리에 앉아 있는 사람은 오로지 나 하나뿐이었죠. (음, 책을 읽는 방식에도 변화가 왔군.) 사람들이 다운로드 받을 수 있는 책을 되도록 빨리 써야겠어요. (실은 기계치라 휴대폰을 잘 다룰 줄 몰라서 혼자 꼿꼿이 앉아 있었어요.)

☑ 내 관심이 어디에 머물든, 나의 글도 그곳에 함께 있을 거예요.

☑ 공주마마는 제 희망사항이랍니다. 저는 딸을 원했어요.

☑ 위의 보기 전부

☐ 해당사항 없음

… 오늘 하루도 잘 보냈나요?

매일 아침 눈을 뜰 때마다 우리는 태양이 보내온 새로운 선물을 받습니다. 그 선물은 바로 '오늘'이죠.

혹시 여러분은 선물의 존재를 알아차렸나요? 우리는 너무 쉽게 이 선물을 지나쳐 버립니다. 왜냐하면 선물의 내용이 단순하기 그지없으니까요. 마치 반투명한 백지처럼 말입니다. 밥 먹고, 학교에 가고, 책을 들여다보고, 시험을 보고, 몇 마디 농담에 웃고, 반복되는 일상을 되풀이하다 보면 또 다른 '오늘'을 얻게 됩니다. 그럼 또다시 밥 먹고, 학교에 가고, 책을 들여다보고, 시험을 보고, 웃고… 일상을 되풀이하죠.

감동의 눈물을 흘리며 이 선물을 받아드는 사람은 거의 없습니다. 한 장 한 장의 반투명한 선물은 늘 이런 식으로 낭비됩니다. 하얀 백지에 실수로 먹물을 쏟아서 얼룩이 지거나 혹은 검은 줄이 생겨 버리면 그제야 비로소 대수롭지 않던 '오늘'이 강렬한 '존재감'을 드러냅니다.

우리는 이 '얼룩'을 뚫어져라 응시하죠. 응시하면 할수록 얼룩은 점점 더 우리를 괴롭힙니다. 그리고 마침내 스스로에게 이런 질문을 합니다. '방금까지는 괜찮았는데 어쩌다 이렇게 재수 없는 일을 당했지?' '왜 하필

나야?' 혹은 이렇게 한탄하기도 하죠. '내가 대체 무슨 죄를 지었기에?'

좋습니다! 그럼 이번에는 운 좋게도 하얀 백지를 엉망으로 만들어 버린 얼룩들을 깨끗이 닦아 낼 수 있다고 해 봅시다. 그래서 아주 새하얀, 아무런 색채도 없는 하루하루를 살아간다고 가정해 봅시다. 과연 그런 나날들은 행복할까요? 그렇다면 혹시나 무언가 다른 것을 기대하게 되지는 않을까요? 좀 더 특별한 삶을 원하지는 않을까요?

모두가 마찬가지일 겁니다. 우리는 자신의 삶에 좀 더 많은 색채를, 좀 더 많은 가능성을 원합니다. 그러다 보면 미처 예상하지 못했던 부담을 짊어지게 되죠. 부담은 고통으로 다가오기도 하지만 결국엔 역사상 가장 똑똑했던 정신적 멘토인 소크라테스의 말을 인정하게 됩니다. '만약 세상 모든 사람들의 불행을 한데 모아 똑같이 나눠 갖자고 한다면 대부분의 사람들은 원래 자기 몫의 불행을 기쁘게 받아들일 것이다.'

왜냐하면 우리는 이미 '자신의 불행'을 수없이 반복해서 응시했기 때문입니다.

자신에게 이미 익숙해진 이 얼룩을 통해 우리는 앞으로 나아갈 수 있고 새로운 그림을 만들어 낼 수도 있으며 짙은 어둠을 눈부신 빛으로 채색할 수도 있습니다. 이러한 방향성과 목표의식 속에서 고군분투하는 인생이야말로 순백의 인생보다 훨씬 단순하고 충실한 인생입니다. 영원히 사라지지 않을 과거의 얼룩은 '오늘'이라는 선물을 한층 더 소중하게 만들어 줍니다. 그리고 그 얼룩진 백지는 단순히 지나쳐야 하는 그 무엇이 아니라 영원히 지속될 '작품'입니다.

못 믿겠다고요? 그럼 『어서 와요, 공주님』을 읽어 보길 바랍니다. 인생의 백지가 엉망이 되어 버리면 누구나 혼란스러움을 마주하게 됩니다. 하지만 힘든 시간을 버텨 내는 동안 분명 우리 곁에 가족과 친구가 존재한다는 사실을 깨닫게 되고 알게 모르게 많은 사람들이 베푸는 선의를 발견할 수 있을 겁니다. 이 모든 것들을 '발견'하고 '소중히' 여기면 매일 맞이하는 '오늘'은 진정한 선물이 되고, 어떻게 하면 인생이라는 백지에 남들과는 다른 색을 입힐 수 있을지 영감을 얻게 될 겁니다. 또한 자기 자신뿐만 아니라 다른 사람까지 좀 더 행복하게 만들 수 있을 겁니다.

오늘 하루도 잘 보냈나요? 꼭 기억하세요! 나 자신을 위해 또 어떤 색을 칠해 볼까? 매일 아침 '오늘'이라는 선물을 받을 때마다 반드시, 꼭, 이런 생각을 하시길 바랍니다.

황추팡(창작워크숍 대표)